KB114709

조돈형 新무협 판타지 소설
FANTASTIC ORIENTAL HEROES

장강삼협 2

조돈형 新무협 판타지 소설

초판 1쇄 찍은 날 § 2011년 7월 21일
초판 1쇄 펴낸 날 § 2011년 7월 27일

지은이 § 조돈형
펴낸이 § 서경석

편집부장 § 권태완
편집책임 § 유경화
편집 § 이수민

펴낸곳 § 도서출판 청어람
등록번호 § 제1081-1-89호
등록일자 § 1999. 5. 31
어람번호 § 제2-2125호

주소 § 경기도 부천시 원미구 심곡2동 163-2 서경B/D 3F (우) 420-822
전화 § 032-656-4452   팩스 § 032-656-4453
http://www.chungeoram.com
E-mail § chungeoram@chungeoram.com

ⓒ 조돈형, 2011

ISBN 978-89-251-2576-3 04810
ISBN 978-89-251-2574-9 (세트)

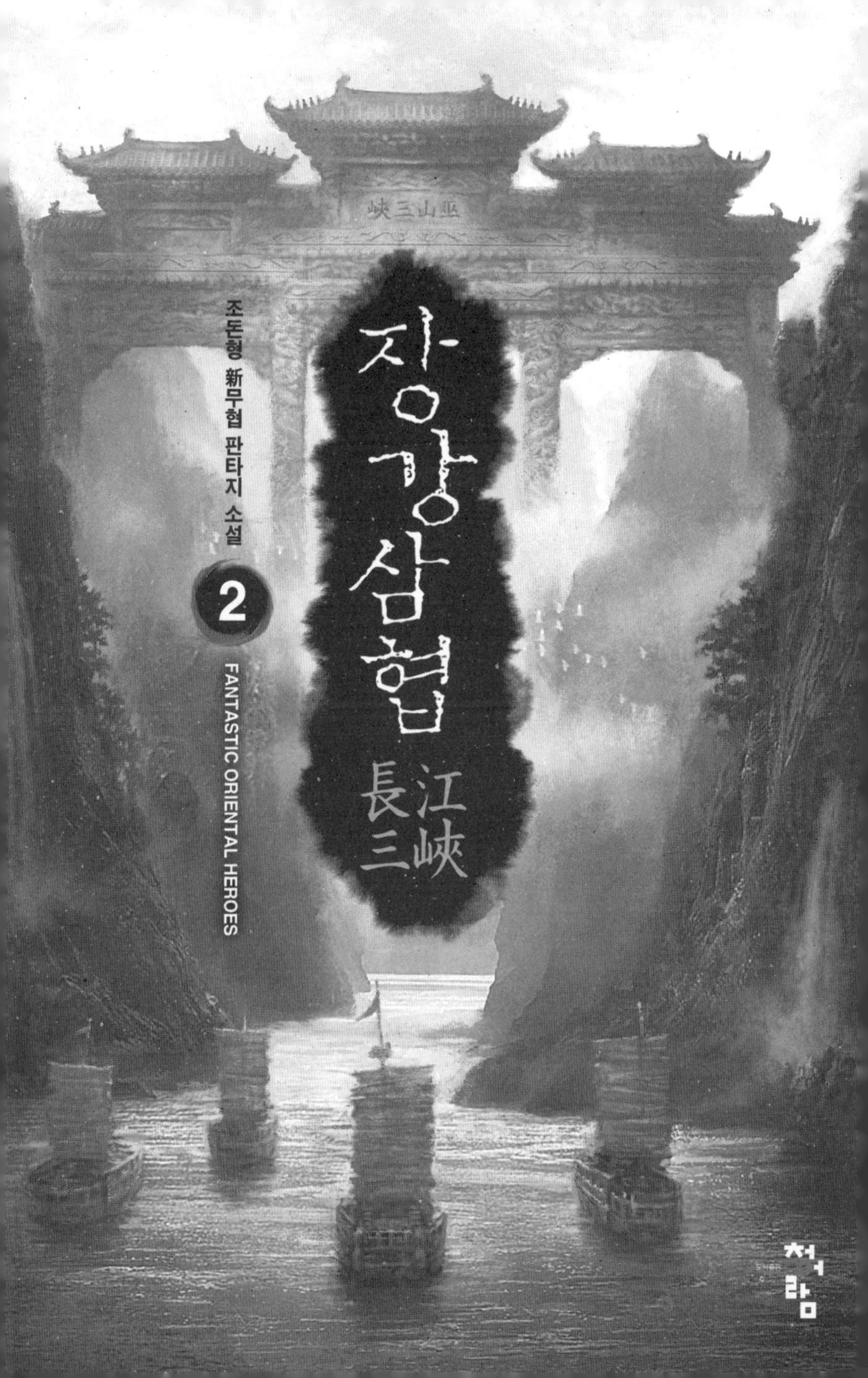
巫山三峡
조돈형 新무협 판타지 소설
2
FANTASTIC ORIENTAL HEROES
장강삼협
長江三峽
청람

第十章
하산(下山)

"뭣이? 지금 뭐라 했느냐?"

이번에 새로 정무관에 올라온 제자들의 수련 성과를 분석하며 월말에 있을 평가를 어떤 식으로 진행해야 할지 걱정하고 있던 정무관주 망진 도장(忘眞道長)은 난데없이 올라온 보고에 깜짝 놀랐다.

"제자들이 정체 모를 괴인에게 공격을 받고 있다고 합니다. 이미 몇몇 제자는 큰 부상을 당했다고……."

말끝을 흐리는 것을 보면 보고를 하는 운산(雲趄)도 사건을 명확하게 파악하지는 못한 것 같았다.

"누가 그자를 상대하고 있느냐?"

망진 도장이 벽에 걸린 검을 낚아채며 물었다.

"운천과 운영 사형이 그자와 혈투를 벌이고 있다고는 합니다만 정확하지는 않습니다."

"사제에겐 이 소식을 전했느냐?"

"예. 홍진 사숙께선 벌써 달려가신 것으로 압니다."

"알았다. 가자."

말이 채 끝나기도 전에 자리를 박차고 일어난 망진 도장은 제자들이 괴인과 다투고 있다는 용천수를 향해 전력으로 달리기 시작했다.

촌각도 되지 않는 시간에 용천수에 도착한 망진 도장은 눈앞에 펼쳐진 광경에 입을 다물지 못했다.

합공을 하고 있다던 운천과 운영은 이미 정신을 잃은 채 쓰러져 있었고 망진 도장에 앞서 움직였다는 홍진 도장 역시 그다지 좋은 상태는 아니었다.

창백한 얼굴, 입가에 비치는 핏줄기는 그가 결코 가볍지 않은 내상을 당했다는 것을 알려주었고 하늘을 찌를 듯 날카롭고 변화막측한 그의 검법 또한 둔중하고 밋밋하여 적에게 조금도 위협이 되지 못했다.

'사제가 어찌 저런 꼴로 밀린단 말인가? 그의 무공이 만만한 것이 아니거늘.'

망진 도장은 자신에 비해 결코 떨어지지 않는 무공을 지닌 홍진 도장이 너무도 무기력하게 밀리는 모습에 경악하며 그를 몰아붙이고 있는 괴인을 살피기 시작했다.

컸다.

괴인은 화산은 물론이고 인근 마을을 다 뒤져 봐도 짝을 찾기 힘들 정도로 큰 덩치를 지녔다. 그리고 큰 덩치에 어울리는, 검의 형상을 하고는 있지만 딱히 검이라 부르기도 뭐할 정도로 괴이한 검을 휘둘렀다.

한데 그 움직임 하나하나가 예사롭지 않았다.

큰 덩치에 어울리지 않게 걸음걸이는 가벼웠고 움직임 또한 민첩하고 날렵했다.

공격을 할 때는 벌처럼 날카로웠으며 수비를 할 때에는 태산처럼 진중했다.

그다지 많아 보이지 않는 나이임에도 모든 동작들이 평생 전장터에서 굴러먹다 온 노병처럼 노련했다.

"음."

괴인을 살피던 망진 도장의 입에서 짧은 신음이 흘러나왔다.

홍진 도장이 더 이상 버티지 못하고 검을 떨어뜨린 것이다.

'사제가 저 정도면 나 역시 놈을 막지 못한다.'

그럼에도 싸워야 했다.

괴인이 어떤 의도로 화산파의 제자들을 공격한 것인지 알지 못했지만 공격은 이미 시작되었고 이대로 물러난다는 것은 화산파의 제자로서 있을 수 없는 일이었다.

망진 도장이 검을 비스듬히 세우며 괴인을 향해 발걸음을 떼었다.

싸움도 시작되기 전에 그의 이마와 콧잔등엔 땀이 송골송골 맺혀 있었다.

그런 망진 도장을 바라보는 유대웅의 얼굴 또한 일그러질 대로 일그러져 있었다.

나름 의기를 가지고 가볍게(?) 시작한 일이 생각보다 너무 커졌다. 특히 힘 조절을 제대로 하지 못해 합공을 하던 운천과 운영에게 본의 아니게 큰 부상을 입히고 말았다.

그런데 싸움은 좀처럼 끝나지 않고 계속해서 또 다른 인물, 더욱 강한 고수가 등장하고 있었다.

그렇다고 그냥 물러날 수도 없었다.

일이 이쯤 되었으면 사건의 전모와 전후 사정을 제대로 밝히고 깨끗하게 마무리를 지어야지 자칫하면 자신은 물론이고 사부의 입장마저 이상해질 수 있기 때문이었다.

"계속해서 할 생각입니까?"

유대웅이 망진 도장에게 물었다.

흠칫 놀란 망진 도장이 이를 악물며 소리쳤다.

"감히 화산파의 제자들을 상하게 하고 그냥 끝날 성싶으냐?"

"상하게 하고 싶은 마음은 없었습니다. 다만 서로 간의 오해가 있어서……."

"궤변 따위는 듣고 싶지 않다. 덤벼라."

망진 도장이 기운을 검끝에 모으자 검에서 시퍼런 청광이 스멀스멀 기어나왔다.

"이제 그만하지요. 한 식구끼리 언제까지 싸워야 하는 겁니까?"

"한 식… 구? 네놈이 감히 본파를 욕보이려는 것이냐?"

유대웅의 말을 더할 수 없는 모욕으로 받아들인 망진 도장이 불같이 화를 냈다.

칼날 같은 기세가 유대웅을 향해 쏘아졌지만 유대웅은 피하지 않고 당당히 맞서며 말했다.

"저는 낙안봉에 머물고 있는 유대웅이라고 합니다."

"닥쳐라! 낙안봉이 어느 곳이……."

화산파의 자존심을 지키기 위해서 당장에라도 온몸을 불사를 것처럼 흥분했던 망진 도장의 눈가에 의혹이 깃든 것은 순식간이었다. 그리고 때를 같이하여 뇌리 저편에서 지난날의 기억 하나가 슬그머니 떠올랐다.

"검선 사백께서 낙안봉을 금지로 정하셨으니 행여나 그쪽으로 걸음하여 경치지 마라. 제자들에게도 그리 이르고. 그나저나 이 나이에 사제를 두게 되었으니. 참, 이름이 뭐였더라? 유 뭐라고 하였는데……."

'유. 대. 웅. 사부께선 분명 그리 말씀하셨다!'

그 짧은 시간, 청설자의 푸념을 기억해 낸 망진 도장이 멍한 눈으로 유대웅을 바라보았다.

"나이도 어린 녀석이 덩치는 곰같이 컸어."

또 다른 기억이 떠올랐다.

순간, 머릿속이 하얗게 변해 버렸다.

비로소 자신과 사제, 제자들이 누구와 싸우고 있는 것인지를 깨달은 것이다.

자신도 모르게 검을 놓쳤다.

"제, 제자 망진. 소, 소사숙을 뵈옵니다."

망진 도장이 떨리는 음성으로 예를 차렸다.

청천벽력이었다.

힘겹게 몸을 추스르던 홍진 도장의 몸이 그대로 굳었고, 조마조마한 심정으로 지켜보던 정무관의 제자들 또한 믿을 수 없는 상황에 다들 넋을 잃었다.

바로 그때였다.

"사숙은 무슨."

싸늘한 일갈과 함께 걸어오는 사람이 있었다.

그를 향해 시선을 돌리던 유대웅의 눈가에 곤혹스런 빛이 떠올랐다.

눈꼬리를 하늘 높이 치켜 올리고 꼬장꼬장한 자세로 걸어오는 노도사는 그도 익히 아는 사람이다.

"오랜만이구나."

화산파의 장로이자 집법원(執法院) 원주 청송자가 차가운 미소를 지으며 유대웅을 응시했다.

*   *   *

"후~"

집법원으로 향하는 청우의 발길은 천근만근 무거웠다.

걸음을 내디딜 때마다 터져 나오는 한숨에 그를 안내하고 있는 은진 도장(闇眞道長)의 표정도 가히 좋지 않았다.

"어찌 처결하신다고 하는가?"

"잘 모르겠습니다. 청송 사숙께서 집법원주의 자격으로 장로회의를 소집하셨고, 지금 모이신 것으로 압니다. 곧 결론이 나겠지요."

나이는 청우보다 십여 살이 많았지만 청우를 대하는 은진 도장의 태도는 극히 조심스러웠다.

"녀석은 어찌하고 있나?"

"별다른 행동은 하지 않고 있습니다. 큰 소란도 없었습니다."

묵묵히 고개를 끄덕인 청우가 집법원에 도착하자 집법원

에 적을 두고 있는 제자들이 조심스런 태도로 예를 차렸다. 하나, 지금 그에겐 제자들의 인사를 받을 여유도 없었다.

은진 도장의 안내로 집법원에서도 가장 깊숙한 곳에 도착한 청우가 철문을 가리키며 물었다.

"여긴가?"

"예."

"기다리게."

대답도 듣지 않고 문을 열고 들어선 청우의 눈에 대자로 누워서 잠을 자고 있는 유대웅의 모습이 들어왔다.

꽝!

밀실 전체가 울리도록 거칠게 문을 닫자 그제야 유대웅이 비적거리며 일어났다.

"사형이 왔네요."

"이게 무슨 꼴이야?"

청우가 버럭 소리를 질렀다.

"그렇게 됐어요."

"그렇게 되긴 뭐가 그렇게 돼? 듣자니 정무관을 초토화시켰다면서?"

"초토화요? 쯧쯧, 그 정도를 가지고 초토화라니. 과장도 참."

혀를 차는 유대웅의 모습에 청우의 얼굴이 벌게졌다.

"지금 웃음이 나와? 사제가 어떤 짓을 저지른 것인지 알기나 하는 거냐고? 이 일을 가지고 장로회의가 소집됐어. 자칫하면……."

청우가 차마 뒷말을 잇지 못하자 유대웅이 콧방귀를 뀌었다.

"자칫하면 뭐요? 화산에서 쫓아내기라도 한답니까? 하라지요. 어차피 저는 그들에게 환영받지 못한 놈이잖아요."

"그게 그렇게 간단한 문제가 아니잖아. 사제뿐만 아니라 사부님과 연관된 문제라고."

유대웅이 너무 자기 감정만 드러내자 청우가 정색을 하며 말했다.

"그러니까 이 일이 정확하게 어찌 된 것인지 알아야겠어. 사제가 아무런 이유도 없이 정무관의 아이들과 싸움을 벌이지는 않았을 거 아니야? 아니, 그보다 어째서 지난밤에 처소로 돌아오지 않은 것이지? 빙검 어르신과 대체 무슨 일이 있었던 거야. 무념동에 가보니 계시지 않던데."

청우의 입에서 빙검의 이름이 언급되자 유대웅의 얼굴이 살짝 어두워졌다.

"그분께선… 아마 무념동을 떠나셨을 겁니다."

"무념동을 떠나? 빙검 어르신께서?"

"예."

"그럴 리가. 그분께서 왜 갑자기……."

믿을 수 없다는 표정으로 고개를 흔들던 청우가 갑자기 눈을 반짝이며 유대웅의 완맥을 잡아챘다.

유대웅은 쓴웃음을 지으면서도 아무런 행동도 하지 않았다.

"이, 이게."

유대웅의 완맥을 잡았던 청우가 놀란 눈을 치켜뜨며 입을 다물지 못했다.

"생사현관을 뚫어낸 거야?"

"운이 좋았어요."

"세상에!"

청우는 유대웅의 손을 부여잡고 말을 잇지 못했다.

"이게 모두 빙검 어르신 덕분입니다."

"빙검 어르신이?"

"예. 흙으로 돌아가실 날이 얼마 남지 않으셨다면서… 제게 큰 은혜를 베풀어주셨네요."

"그랬… 군."

유대웅이 어떻게 생사현관을 뚫고 하루아침에 그토록 막강한 내력을 얻게 되었는지 이해를 한 청우가 가만히 고개를 끄덕거렸다.

"빙검 어르신께서 전해주신 진원지기를 다스리느라 정신이 없었어요. 눈을 떠보니 어느새 아침이더라구요."

"무아지경에 빠졌던 모양이네. 하긴, 그만한 힘을 받아들였으니 무리도 아니지."

청우는 자신의 일인 양 기뻐하며 들뜬 모습으로 몇 가지 질문을 더 하다가 갑자기 인상을 찌푸렸다.

"그래서, 새로 얻은 힘을 시험해 보기 위해서 그런 짓을 벌인 거야?"

"설마요."

"아니면? 지금껏 이런 일이 한 번도 없었잖아. 갑자기 왜 그런 건데."

"그러니까 아침에 눈을 뜬 다음에……."

유대웅은 무념동에서 눈을 뜬 뒤 늦었지만 하루 일과를 시작하기 위해 용천수에 들른 일, 그곳에서 눈으로 보고 겪은 일을 가감없이 설명하기 시작했다.

이야기를 듣는 청우의 표정이 시시각각 변했다.

말도 되지 않는 이유를 들어 동문을 학대한 왕호 일행에 대해선 분노를, 그리고 유대웅의 설명도 제대로 듣지 않고 일을 확대시킨 운천과 운영, 심지어 홍진 도장의 성급함엔 진한 아쉬움과 안타까움을 드러냈다.

"그래도 너무 과하게 손을 썼잖아. 지금의 사제 실력 정도면 그 정도로 부상을 입히지 않아도 되었을 텐데."

운천과 운영이 최소한 한 달 정도는 정양을 해야 하는 내상을 당했다는 것을 상기한 청우가 유대웅을 나무랐다.

"저도 그럴 줄은 몰랐지요. 그렇게 심하게 공격한 것도 아닌데 제대로 막지를 못해서 얼마나 놀랐는데요. 당연히 막을 줄 알았지요."

"사제가 지금껏 비무를 벌인 상대가 누구인 줄 생각해 봐."

"음."

"하긴, 하루아침에 그런 엄청난 내력을 얻게 되었으니 힘 조절에 다소 무리가 따를 수도 있지. 후, 이해가 되지만 그래 도 심했어."

"사부님께선 아세요?"

"말씀드리고 이곳으로 오는 길이야."

"뭐라세요?"

"가타부타 뭐라 말씀하시는 분이 아니잖아. 그래도 표정은 어두우셨어."

청우의 말에 유대웅이 한숨을 내쉬었다.

"너무 걱정하지 마. 사제의 말대로라면 잘못은 그놈들이 한 것이니까. 사제가 다소 과하게 손을 쓴 것은 사실이지만 그건 오해해서 벌어진 일이고."

"믿어줄는지 모르겠네요. 그 망할 녀석도 모른 체하던데 요."

"그렇게 만들지 않으면 되지."

벌떡 일어난 청우가 확인하듯 물었다.

"그 녀석 이름이 임충이라고 했지?"

*   *   *

"그게 사실인가, 사제? 유대웅 그 아이가 정무관의 아이들을 크게 상하게 했다는 말이?"

장로회의 안건을 확인한 청설자가 깜짝 놀라 물었다.

"예. 입에 올리기도 황망한 일이 벌어졌습니다."

청송자가 노기충천한 얼굴로 고개를 끄덕였다.

"대체 어쩌다가 그런 일이 벌어진 것인가?"

청구자가 미간을 잔뜩 찌푸리며 물었다.

"저보다는 부원주에게 들으시는 것이 정확할 것 같습니다."

청송자의 시선을 받은 창진 도장(彰眞道長)이 조심스레 일어났다.

나이는 대략 사십 정도, 날카로운 눈매와는 어울리지 않게 구레나룻을 멋지게 기른 창진 도장은 장문인과 장로들에게 정중하게 예를 차린 후 착 가라앉은 음성으로 입을 열었다.

"사건은 오늘 아침 사시경에 벌어졌습니다. 유대웅 소사숙… 험험, 낙안봉에 기거하는 그분이 수련을 마치고 용천수에 들른 속가제자 넷을 아무런 이유 없이 폭행하였고, 이를 제지하는 과정에서 이대제자인 운천과 운영까지도 큰 부상을 당했습니다. 이후, 정무관의 무사부인 홍진과도 싸움이 벌어졌습니다만 다행히 기력이 조금 쇠했을 뿐 부상은 없는 것으로 파악되었습니다."

"대체 무슨 이유로 제자들을 폭행했다고 하더냐?"

청구자가 물었다.

"소사숙… 아니, 낙안봉에 기거……."

"똑바로 얘기하거라. 소사숙이면 소사숙이지 낙안봉은 뭐란 말이냐!"

청설자가 벼락같이 역성을 내자 움찔한 창진 도장이 청송자를 향해 슬쩍 고개를 돌렸다. 청송자가 고개를 끄덕이자 이내 실수를 수습했다.

"죄송합니다. 아무튼 소사숙께선 그 이유를 침묵으로 일관하여 부득이 제자들의 증언을 참고할 수밖에 없었습니다. 한데 그들도 이유를 잘 모르겠다고 하였습니다. 당시 일행끼리 가벼운 다툼이 있기에 끼어든 것은 아닌가 추측은 하였습니다만."

"다툼? 그 아이들이 다투고 있었다고?"

청구자가 날카로운 눈빛을 빛내며 물었다.

"예. 하지만 가벼운 의견 차이가 있었을 뿐 문제가 될 정도로 다툰 것은 아니라고 하였습니다."

"그 아이들이 누구더냐?"

청구자의 물음에 청송자가 한숨을 내쉬며 나섰다.

"그것 때문에 더 문제입니다. 이번에 그놈한테 당한……."

순간, 청구자가 싸늘히 외쳤다.

"사제는 말을 삼가라! 아무리 인정하기 싫다지만 그 아이는 검선 사백님의 제자로 우리와 같은 항렬, 우리의 사제다. 명색이 본문의 법도를 바로 세운다는 위인이 제자들이 보는 앞에서 이 무슨 망발이란 말이냐!"

그야말로 추상같은 질책이었다.

청송자가 당황하여 어쩔 줄을 몰라 하자 청평자가 그를 두둔하고 나섰다.

"사형께선 그만 노여움을 거두시지요. 쉽게 받아들이기엔 시작이 조금 애매했지요. 더구나 그날 이후 소식도 듣지 못하다가 갑자기 일이 터져 청송 사형께서 조금 예민하셨던 것 같습니다."

"아무리 그래도 그렇지."

청평자의 말에 한발 물러나기는 했지만 청구자는 여전히 못마땅한 얼굴이었다.

"청송 사형께서도 막내 사제를 언급하실 때 조금 주의를 하시는 것이 좋을 듯합니다."

청평자 덕에 겨우 난처함을 모면한 청송자가 고맙다는 눈빛을 보낸 뒤 청구자에게 사과를 했다.

"제가 조금 흥분했던 모양입니다. 죄송합니다, 사형. 하지만 제가 이러는 이유가 있습니다. 이번엔 막… 내 사제에게 폭행을 당한 속가제자들의 신분이 만만치 않습니다."

"그 아이들 중에 안평상련의 후계자가 끼어 있다는데 사실입니까?"

청공자가 잔뜩 근심 어린 표정으로 물었다.

"그렇네. 뿐만 아니라 임충이란 아이도 있더군."

"임충이라면… 혹 이번엔 정무관으로 올라간 황룡상단의 혈육을 말씀하시는 건지요?"

"왜 아니겠나. 우리 막내 사제가 하고많은 아이들 중 그 두 아이를 작살낸 것이네. 왕호는 가슴뼈가, 임충은 옆구리의 갈비뼈가 몇 개나 부러졌다고 하니 대체 이걸 어찌 수습해야 할지."

청송자의 말에 취의청에 모인 장로들의 안색이 다들 어두워졌다. 왕호와 임충이라는 이름은 알지 못해도 안평상련과 황룡상단의 이름은 모를 수가 없었다. 아울러 그들이 화산에 얼마나 큰 역할(?)을 하는지까지도.

"동기들과 투닥거리다 생긴 사고도 아니고, 무공을 가르치다 불가피하게 벌어진 일도 아닙니다. 일방적인 폭행입니다. 다른 사람도 아니고 여기 모인 우리들과 같은 항렬의, 그 아이들에겐 소사숙조 되는 막내 사제에게 말입니다. 두 집안에 이를 어찌 설명해야 할지 난감합니다."

청송자는 '이러니 내가 화를 내지 않겠냐'는 듯, 해결책이 있으면 내보이라는 듯 청구자를 바라보며 한숨을 내쉬었다.

"그런데 조금 이상하군요."

청일자가 고개를 갸웃거렸다.

"뭐가 말인가?"

"막내 사제가 사백님을 따라 낙안봉에 오른 지 벌써 이 년이 훌쩍 넘었습니다. 그사이 우리는 물론이고 제자들 중 사제를 본 이가 아무도 없었습니다. 청우 사제 말로는 매일같이 하산하여 용천수를 길어갔다고 하는데 그럼에도 눈에 띄지 않았다는 것은 그만큼 조심했다는 것 아니겠습니까?"

"하고 싶은 말이 무엇인가?"

"그런데 어째서 갑자기 제자들 앞에 모습을 드러낸 것일까요? 문제가 될 것을 뻔히 알면서. 또한 그 여파가 어디까지 이를지도 당연히 알 텐데 그런 무모한 짓을 벌였다는 것이 도저히 이해가 가지 않습니다."

"그거야 뻔하지 않습니까?"

모든 이들의 시선이 냉소를 짓고 있는 청광자에게 향했다.

"속가제자뿐만 아니라 직계제자인 운천과 운영도 당했습니다. 특히 운천은 이대제자 중에서도 재능을 인정받는 아이입니다. 근래 들어 자하신공을 배우며 실력도 부쩍 늘었습니다. 한데 그 둘이 변변히 반격도 해보지 못하고 거의 일방적으로 당했다고 합니다. 심지어 홍진도 막내 사제에게 밀려 사실상 패배를 했다는군요."

다들 요점을 이해하지 못하는 표정을 짓고 있자 청광자가 코웃음을 치며 말을 이었다.

"그만큼 강해졌다는 것입니다. 지난 이 년 동안 이해가 되지 않을 정도로 빠른 성장을 했다는 것이지요. 화산파의 이대제자를 간단히 제압하고 일대제자마저 어쩌지 못할 정도로. 무공은 강해졌지만 사제의 나이를 생각했을 때 정신적으로 성숙하기엔 아무래도 너무 어립니다. 그런 사제가 자신이 상상할 수도 없는 강함을 지녔습니다. 금지 아닌 금지에서 압도적으로 강한 사숙들과 지내느라 자신이 얼마나 강한지 모르고 또 알아주는 사람도 없습니다. 한데 때마침 자신과 비슷한 나이에 무공 수련을 마치고 걸어오는 제자들을 보았습니다. 어떨 것 같습니까?"

"막내 사제가 호승심을 보였다고 말하고 싶은 것인가?"

청구자가 물었다.

"다른 이유론 설명이 되지 않습니다. 그리고 다들 아시잖습니까? 젊은 나이의 혈기, 호승심이 얼마나 무섭고 억제하기가 힘든 것인지."

청광자의 말에 다들 고개를 끄덕였다. 그들도 유대웅과 같은 시기를 겪으며 지금의 위치까지 성장했기 때문이다.

청구자가 뭔가가 개운치 않다는 표정으로 창진 도장에게 물었다.

"그 아이들이 다투고 있었다고 했는데 그 내용은 정확하게 파악은 한 것이냐?"

"예, 사백. 왕호 일행이 이번에 정무관에 올라온 임충의 수련 태도를 조금 나무랐던 모양입니다."

창진 도장이 공손히 대답했다.

"임충은? 그 아이도 인정을 하더냐?"

"그렇습니다."

"운천과 운영은 뭐라더냐?"

"둘의 말에는 그다지 참고할 것이 없었습니다."

"참고할 것이 없다니? 어째서?"

청구자가 미간을 찌푸렸다.

"당시 상황이 서로 말을 주고받을 수 있을 정도로 여유가 있지 않았다고 합니다. 아이들이 워낙 크게 다치는 바람에 우선 막아야 했다고 하더군요."

"하면 홍진은? 홍진이라… 관두자. 다른 녀석도 아니고 홍진인데."

청구자가 한숨과 함께 고개를 흔들자 홍진의 사부 청설자가 겸연쩍은 웃음을 흘렸다.

"녀석의 급한 성격을 감안하면 제자들이 다친 것을 보는 순간, 그 즉시 출수했을 게야. 맞느냐?"

"예, 그리 알고 있습니다."

창진 도장의 대답에 다들 예상했다는 표정들이었다.

그 사부에 그 제자였다.

"그래서? 집법원의 최종 결론을 듣고 싶군."

지금껏 묵묵히 이야기를 듣고 있던 청겸자가 말했다.

"제자들의 의견은 하나로 굳혀졌다고 보시면 됩니다. 막내 사제가 별다른 이유도 없이, 제자들이 잠시 다퉜다는 것을 핑계로 자신의 무공을 시험했다는 것입니다. 이는 결코 용납할 수 없는 죄입니다."

청송자의 말에 청구자가 오판을 경계하며 말했다.

"아직 막내 사제의 말을 듣지 못했네. 그의 얘기를 듣지도 않고 결정을 내리는 것은 너무 성급하지 않은가?"

"방금 전에 말씀드리지 않았습니까. 자신을 변호할 기회는 얼마든지 있었습니다만 침묵으로 일관하고 있습니다. 이는 곧 여러 제자들의 말의 신빙성에 더욱 힘을 싣는 것이 아니겠습니까?"

"음."

딱히 반박할 수 없었던 청구자가 입을 다물자 청송자가 더욱 기세 좋게 입을 열었다.

"본문에 유래가 없었던 참담한 일이 벌어졌습니다. 만일 이번 일을 제대로 수습하지 못한다면 본문의 기강이 무너지는 것은 불을 보듯 뻔합니다. 단지 항렬이 높다는 이유로 죄를 면하거나 감해준다면 앞으로 어떤 제자가 우리를 믿고 따르겠습니까?"

"하면 집법원주로 막내 사제에 대한 처벌은 어찌해야 한다고 생각하는가?"

여러 제자들의 증언과 장로들의 암묵적 동의를 통해 유대웅의 죄를 기정사실화한 청겸자가 처벌 수위에 대해 물었다.

"집법원주로서 내린 제 결정은 파문(破門)입니다."

청송자가 단호하게 말했다.

"사제는 또다시 본문을 어지럽힐 생각인가?"

청구자가 노기 어린 눈빛으로 청송자를 쏘아보았다.

"막내 사제의 난동으로 본문은 이미 어지러워졌습니다. 지금 이 사건을 모르는 제자는 아무도 없다고 해도 과언이 아닙니다. 아무런 처벌도 하지 않는다면 제자들의 분노는 어찌 감당하려고 하십니까?"

청송자도 언성을 높였다.

"처벌을 하지 말자는 소리가 아니라 처벌 수위가 너무 높다는 말이야. 파문이라니. 사백껜 뭐라 말씀드릴 생각인가?"

태선 진인이 언급되자 다들 어두운 표정이었다.

"사백께선 그분이 배제된 상태에서 우리들만의 결정을 받아들이실 분이 아니야. 사백께서 노하시면 나머지 두 분께서도 가만히 계시지 않을 터이고. 모르긴 몰라도 난리가 날 게야."

청설자가 불같이 화를 내는 고선 진인의 모습을 떠올리며 떨떠름한 표정을 지었다.

"모든 정황이 명백합니다. 죄가 분명하거늘 제자라고 감싼다는 것은 말이 되지 않습니다. 아무리 사백께서 화산의 큰어른이시라도 그런 전횡은 용납될 수 없는 것입니다."

청광자가 핏대까지 올려가며 청송자를 지원했다.

그것을 시작으로 장로들은 한참 동안이나 의견을 나누었다.

청송자처럼 극단적인 처벌을 원하는 이들과 청구자처럼 처벌을 하되 그 수위를 낮추자는 이들이 서로의 의견을 조율했다. 그리고 그 최종 결정은 결국 장문인인 청겸자에게 달려 있었다.

장로들이 자신의 결정을 기다린다는 것을 알면서도 눈을 감은 채 숙고에 숙고를 거듭하던 청겸자가 가만히 눈을 떴다. 그리곤 장로들을 둘러보며 나지막이 입을 열었다.

"막내 사제의 죄는 그 어떤 이유로도 용납할 수 없는 것이다. 제자들에게 모범이 되어야 하는 위치에 있음에도 오히려 그런 짓을 벌였기에 더욱 그렇다. 하여 파문을 결정한다. 단, 지금의 결정은 막내 사제에게 다시 한 번 자신을 변호할 수 있는 기회를 준 이후 확정하도록 한다."

"막내 사제는 지금껏 침묵을······."

불만을 토로하던 청송자는 청겸자의 눈빛을 받고는 입을 다물었다.

"위에 계신 분들의 반발이 만만치 않을 것 같습니다."

청구자의 말에 청겸자의 입가에 가벼운 미소가 지어졌다.

"막내 사제의 죄가 명명백백한 이상 언짢은 마음은 있으시겠지만 결국 받아들이실 것이네."

"만약 받아들이지 않으시면 어찌할 생각입니까?"

"물론 그럴 리야 없으시겠지만 화산파에 적을 두고 계신데

설마하니 장문인의 결정을 무시하실까."

부드럽게 말은 하고 있었지만 그 말속에 담긴 의미를 모를 청구자가 아니었다.

'장문인의 권위로 밀어붙이겠다는 소리군. 과연 그것이 통할지.'

청구자는 화산삼선의 모습을 떠올리며 장문인의 결정이 과연 화산에 어떤 파문을 불러일으킬지 고심해야 했다.

바로 그때, 취의청의 문이 조용히 열렸다.

조심한다고 했지만 청겸자의 결정 이후 나름의 생각들을 하느라 침묵하고 있던 장로들을 일깨우기는 충분했다.

"청우 사제 아닌가?"

말석에 앉아 나름 인연이 있었던 유대웅의 파문을 힘없이 지켜보고 있던 청진자가 청우를 보곤 반색을 했다.

그에게 가볍게 눈인사를 한 청우가 장로들의 시선을 한눈에 받으며 움직였다.

"제가 한 말씀 올려도 되겠습니까?"

"물론이지. 언제든지 환영일세."

청겸자가 편안한 미소를 지으며 고개를 끄덕였다.

"말씀드리기 전, 우선 여쭙겠습니다. 장로회의의 결정은 어찌 내려졌습니까?"

"파문이다!"

청송자가 청겸자를 대신해 소리쳤다.

"역시 그렇군요."

쓸쓸히 고개를 끄덕인 청우가 입술을 지그시 깨물며 청겸자를 바라보았다.

"그 결정, 번복해 주셔야겠습니다."

"뭣이!"

"감히 이곳이 어디라고!"

평소 청우를 못마땅해하던 청송자와 청광자가 벌떡 일어나며 호통을 치고 몇몇 장로마저 불쾌한 표정을 지을 때, 청겸자는 미소로써 그를 대했다.

"이유를 물어도 되겠는가?"

"사제는 죄가 없기 때문입니다."

발끈하려는 청송자를 묵직한 눈빛으로 제어한 청겸자가 지금껏 입가에 띠었던 미소를 지우며 다소 냉랭한 음성으로 말했다.

"단순히 함께 지내는 정리 때문이라면 나서지 않는 것이 좋을 것 같은데."

"정말 죄가 없기 때문입니다."

더없이 진중한 표정으로 대꾸한 청우가 청송자에게 시선을 두었다.

"사제는 지금껏 침묵을 지켰습니다. 맞습니까?"

"할 말이 없으니 침묵을 지킬 수밖에."

청송자가 심드렁히 대꾸했다.

"할 말이 없는 것이 아니라 차마 입을 열 수가 없기 때문에 그런 것입니다. 본문에 너무도 큰 실망을 하였기에."

"입조심해라."

청송자가 싸늘히 소리쳤지만 청우는 그 기세에 지지 않았다.

"지금 한 아이를 만나고 오는 길입니다. 이름이 임충이라고 하더군요. 집법원의 조사대로라면 그 아이는 사제에게 폭행을 당한 것으로 되어 있을 것입니다. 아닌가?"

창진 도장이 얼떨결에 고개를 끄덕였다.

"그, 그렇습니다."

"하지만 제가 알고 있는 사실은 전혀 다릅니다."

청우의 눈에서 뜨거운 열기가 뿜어져 나오기 시작했다. 아울러 그의 전신에서 취의청에 모인 모든 장로들이 경악할 만한 기세가 흘러나오기 시작했다.

"사건의 전말은 이렇습니다."

청우는 별다른 미사여구 없이, 자신의 의견이나 감정 따위는 완전히 배제한 채, 유대웅과 임충에게 들은 당시의 상황을 차분히 설명했다.

이야기는 그리 길지 않았지만 담고 있는 내용만큼은 다들 두 눈을 부릅뜰 만큼 충격적인 것이었다.

"미, 믿을 수 없다."

청송자가 강하게 고개를 흔들었다.

하나, 청송자는 물론이고 취의청에 모인 모든 장로들은 직감적으로 느끼고 있었다. 청우의 말이 사실이고 지금껏 자신들이 들은 이야기가 완벽하게 날조되어 있다는 것을.

"확… 실한가?"

확인을 하기 위해 질문을 던지는 청검자 또한 당황한 기색이 역력했다.

"예. 처음엔 부인을 했지만 죄책감을 이기지 못하고 모든 것을 사실대로 이야기하더군요. 그 자리에 집법원의 은진 사질이 함께하였으니 그에게 물어보시면 제 말이 틀리지 않다는 것을 아실 겁니다."

그 말이 끝나기가 무섭게 청우를 따라 취의청으로 온 은진 도장에게 질문이 날아갔다.

"청우 사제의 말이 확실한 것이냐? 이 모든 것이 왕호라는 녀석의 거짓말이라고?"

마치 은진 도장이 죄라도 지은 양 질문을 던지는 청구자의 음성은 노기로 가득 차 있었다.

"그, 그렇습니다. 제자 임충이 모든 것이 거짓이라고 밝혔습니다. 소사숙은 분명 임충을 돕기 위해 부득이 손을 쓴 것입니다."

"허!"

청구자의 입에서 허탈한 탄식이 튀어나왔다.

비단 그만이 아니라 모든 장로들이 어이없는 표정으로 한숨을 내쉬고 있었다. 특히 제대로 조사를 하지 못한 청송자의 표정은 실로 가관이었다.

청우가 그들을 일일이 바라보며 입을 열었다.

"사제는 어린 사제들을 괴롭히는 제자들의 행태에 실망을 하였고, 그 제자들의 행동도 제대로 파악하지 못한 채 무작정 자신을 공격한 이대제자와 일대제자의 행동에도 크게 실망을 하였습니다. 자신의 안위를 위해 도움을 준 사제를 외면한 임충에게도 실망하였으며 오직 그들에게 들은 주장으로 잘못을 인정하라고 몰아붙인 집법원의 행태에도 큰 실망을 했습니다. 하여 아예 침묵을 지켰습니다. 사건의 본질을 제대로 파악하지 못한 것에 대한 나름의 항의 표시였을 겁니다."

청우의 말에 청송자의 낯빛은 더할 수 없이 붉어지고 장로들 역시 부끄러움에 고개를 들지 못했다.

"이에 막내 사제에 대한 장로회의의 결정을 철회해 달라고 정식으로 요청드리고자 합니다."

청우는 실로 당당했다.

심지어 그의 전신에서 풍기는 기도는 사부인 태선 진인에게서 느껴지는 것과 다르지 않았다.

처음으로 청우의 진면목을 본 장로들은 사건의 전모 못지 않게 청우의 달라진 모습에 감탄을 금치 못했다.

"파문은 당연히 철회될 것이며, 철저한 조사를 통해 이번 일에 관계된 모든 이들에게 엄한 벌이 내려질 것이다. 이는 직무를 소홀히 한 집법원도 예외가 될 수 없다."

진하디진한 분노가 느껴지는 청겸자의 말에 청송자의 고개가 힘없이 떨궈졌다.

＊　　　＊　　　＊

"한심한 놈들, 대체 제자들을 어찌 가르치기에 이따위 일들이 생긴단 말이냐? 내 이놈들을 당장!"

고선 진인은 금방이라도 하산하여 화산파를 발칵 뒤집어 놓을 기세였다. 그것을 겨우 말린 명선 진인이 청우의 어깨를 두드렸다.

"네가 애썼다. 자칫했으면 큰 사단이 날 뻔했구나."

"뒤늦게나마 임충이라는 아이가 올바른 판단을 해서 다행이었습니다. 만약 끝까지 거짓말을 했다면 사제의 무고를 밝히기가 쉽지는 않았을 겁니다."

"그렇겠지, 제 놈들이 보고 싶은 것만 보는 놈들이니."

명선 진인은 제자들의 말만 듣고 사건을 정확하게 파악하지 못한 집법원과 올바른 판단을 하지 못한 장로들의 안일함에 화가 난 표정이었다.

"내실을 다지지 못하고 그저 외향만 키우려다 보니 생기는 일이지. 조만간 큰코다칠 일이 벌어질 게야."

아직도 화를 누그러뜨리지 못한 고선 진인이 연신 콧김을 쏟아내며 말했다.

"한데 그 녀석들은 어찌 처결한다고 하더냐? 거짓말이나 해대는 맹랑한 놈들 말이다."

"장문인께서 철저하게 조사하고 엄벌에 처한다고 했으니 그리되겠지요."

청우의 말에 명선 진인이 고개를 흔들었다.

"쉽지는 않을 게다. 법도대로라면 응당 사지의 근맥을 끊고 파문에 처해야겠지만 상대도 상대 나름이지. 안평상련이라면 본문 재정의 삼분지 일 이상을 책임지는 곳이다. 더불어 인연도 깊고."

"그렇다고 기사멸조의 죄를 범한 놈을 그냥 놔둔단 말인가?"

고선 진인이 벌컥 화를 냈다.

"그럴 수 없으니 장문사질도 고심깨나 할 것입니다. 원칙대로 처벌을 하자니 안평상련이 본문에 끼치는 영향력이 너무도 막강하고, 처벌을 하지 않자니 기강에 문제가 생길 터이니 말이지요."

"흥, 영향력이 있다면 얼마나 있다고. 그깟 돈이야 없어도 그만인 것을."

"허허, 그거야 사형 생각이시지요. 한 문파의 미래를 책임지는 입장에서 안평상련이 지닌 재력은 결코 포기할 수 없는 것입니다."

"하면 대체 어쩌자는 것이야?"

고선 진인이 신경질적으로 물었다.

"장문사질이 묘안을 찾아내기를 바라야겠지요. 양쪽 다 만족할 수 있는 묘안을. 하나, 쉽지는 않을 것입니다."

"제 놈들이 벌여놓았으니 알아서 수습하겠지. 그나저나 사형과 대웅이는 어디로 간 것이냐? 함께 오는 것 같더니만."

고선 진인이 청우에게 물었다.

"사부님께서 사제만 따로 부르셨습니다."

"그래?"

고선 진인이 의미심장한 표정으로 명선 진인을 바라보았다.

"바로 얘기를 할 모양이군."

"때마침 이런 불미스런 일도 생겼으니 늦출 이유가 없지요."

둘의 대화를 이해하지 못한 청우가 의문스런 눈빛을 보이자 고선 진인이 호탕하게 웃었다.

"너무 궁금해하지 말거라, 이제 곧 알게 될 터이니."

"고생 좀 하고 나니 어떻더냐?"

태선 진인의 말에 유대웅이 볼을 붉적거렸다.

"제가 뭘요. 고생이야 못난 사제 구해보겠다고 발에 땀이 나도록 뛴 사형이 했지요."

"츱, 그걸 아는 놈이 그런 사고를 쳐."

태선 진인이 한심하다는 듯 혀를 찼다.

"그렇다고 그냥 두고 볼 수는 없잖아요. 눈앞에서 그런 한심한 짓이 벌어지고 있는데."

"누가 그냥 두고 보라더냐? 내 말은 개입을 했으면 적당 선을 지켜야지 뭣 때문에 그렇게 일을 크게 벌였느냐 말이다. 아이들의 상태가 가히 좋지 않다고 하던데, 지금의 네 실력이라면 그렇게 심하게 손을 쓰지 않아도 되지 않았느냐?"

"그렇게 약할 줄은 몰랐지요. 왕혼가 뭔가 하는 놈과 그 일당이야 작심하고 밟은 것이지만 명색이 화산파의 이대제자들이 그렇게 허약할 줄은 생각도 못했습니다. 공격도 시원치 않고 뭣 하나 제대로 방어를 하지 못하더라고요."

"녀석들이 약한 게 아니라 네 녀석이 그만큼 강해진 것이거늘."

"예. 그동안 사부님과 사숙들께 하도 당해서 실감하지 못했는데 이제야 조금 실감하겠더군요. 그래도 합공은 조금 괜찮았습니다. 뒤늦게 싸운 일대제자도 강했고요."

"일대제자?"

"예. 홍진이라고, 정무관에서……."

"아, 홍진. 성질이 제 사부와 사조를 닮아 급해서 그렇지 실력은 제법 있는 녀석이지."

"네, 상당히 강했습니다."

그 또한 이대제자와 비교했을 때였지만.

"녀석과 상대하면서 어떤 무공을 어찌 썼느냐?"

유대웅은 이후 한참 동안이나 홍진 도장과 벌인 공방에 대해 손과 발짓을 곁들이며 설명을 했다. 가끔 고개를 끄덕이며 설명을 듣던 태선 진인은 그간 노력이 헛되지 않았다는 것을 확인하며 만족한 미소를 지었다.

기억이 틀리지 않는다면 홍진은 일대제자 중에서도 제법 괜찮은 무공을 지닌 제자였다. 그런 홍진을 유대웅이 완벽하게 몰아붙였다는 것은 그의 실력이 이미 일대제자를 뛰어넘어 장로 급에 이르렀다는 것을 의미했다. 유대웅이 매일같이 실전 이상의 비무를 벌인다는 것을 감안하면 어쩌면 그 이상일 수도 있었다.

"빙검이 떠났다고?"

청우를 통해 빙검이 유대웅에게 자신의 진원지기를 넘기고 사라졌다는 것을 전해 들은 태선 진인이 안타까운 음성으로 물었다.

"예. 깨어보니 이미 자리에 계시지 않았습니다."

"허허허, 바람처럼 오더니 바람처럼 갔구나. 그 친구다운 행동이야."

"한데 빙검 어르신은 어떻게 화산에 오시게 된 것입니까?"

"그건……."

태선 진인은 삼십 년 전 빙검이 하북무림을 초토화시킬 때,

복수에 사로잡혀 마성에 빠진 그를 제압했던 것을 잠시 잠깐 떠올렸다. 그 후 마성을 이겨낸 빙검이 자신의 복수심에 의해 무고한 이들이 많이 목숨을 잃은 것을 참회하며 스스로 화산에 올랐다.

과거의 일을 잠시 떠올린 태선 진인이 두 눈을 초롱초롱 빛내며 대답을 기다리는 유대웅을 보며 가만히 읊조렸다.

"그 또한 인연이 아니겠느냐? 나와의 인연, 그리고 네 녀석과의 인연."

"참 나."

뭔가 그럴듯한 대답을 기대했던 유대웅은 실망한 표정을 감추지 않았다.

"그는 신경 쓸 것 없다고 말했다지만 어쨌든 너는 큰 빚을 지고 말았다."

"알고 있습니다."

"언제일지는 모르나 네가 그 빚을 갚을 날이 올 것이다. 그러자면 그의 발자취를 따라가 보는 것도 좋겠지."

"그리 생각하고 있습니다."

"그럼 됐다. 이제 준비를 하여라."

"예."

대답과 함께 자리에서 벌떡 일어난 유대웅.

태선 진인의 말을 오후 비무를 준비하라는 말로 해석한 그의 얼굴은 살짝 상기되어 있었다.

빙검과의 인연 덕에 무인이라면 꿈에도 마지않는 생사현관을 뚫어낸 지금, 자신이 과연 얼마나 강해진 것인지 제대로 확인해 볼 기회라 여긴 것이다.

하나, 그것은 비무를 준비하라는 뜻이 아니었다.

"뭐라고요?"

깜짝 놀란 유대웅이 두 눈을 부릅뜨며 물었다.

"놀랐지? 하긴, 나도 명선 사숙께 그 말을 듣고 얼마나 놀랐는지."

"난데없이 하산이라니요? 대체 왜?"

"이번 일로 사부님께서 많은 생각을 하신 모양이야. 사숙들도 마찬가지고."

"그러니까 무슨 생각을요?"

"애당초 사부님께선 적당한 때가 오면 사제를 하산시킬 생각이셨어. 사숙들께 공언하셨듯이 사제가 화산에 머물 사람이 아니라 여기신 것이지."

"전……"

유대웅이 뭐라 대답을 해야 할지 몰라 말끝을 흐리자 청우가 잔잔한 미소를 지었다.

"꿈도 있잖아, 장강을 휘어잡는."

"그게 언젯적 얘긴데요."

유대웅이 그 큰 덩치에 어울리지 않게 얼굴을 붉혔다.

"그래? 난 사제가 아직도 그 꿈을 버리지 않은 줄 알았는데."

"잘 모르겠어요. 옛날엔 그랬는데 솔직히 지금은… 하루하루를 정신없이 보내다 보니 사실 아무런 생각도 없어요."

"그럼 이제부터라도 무엇을 할 것인가 진지하게 생각해 보는 것이 좋겠군."

"아직 부족한 게 많아요. 패왕칠검도 제대로 익히지 못했고 창법은 시작도 안 했잖아요."

"나한테 그래 봤자 소용없어. 사부님께 사정을 해야지. 하지만 이미 결정을 내리신 모양이니 소용은 없을 테지만."

"아, 정말 미치겠네."

유대웅은 답답함을 참지 못하고 가슴을 탕탕 쳐댔다.

그런 유대웅에게 청우는 마치 개구쟁이 동생을 보는 듯한 따뜻한 시선을 보내고 있었다.

*　　　　*　　　　*

사제 간의 비무는 벌써 반 시진 가까이 이어지고 있었다.

연신 공격을 퍼붓는 유대웅은 온몸이 땀에 흠뻑 젖은 모습이었고, 노도처럼 밀려드는 공세 속에서도 언제나 여유로운 모습을 보여주던 태선 진인도 지금은 조금 흐트러진 모습을 하고 있었다.

그들이 비무를 벌이는 곳에서 조금 떨어진 곳.

고선 진인과 명선 진인, 청우가 더없이 진지한 표정으로 비무를 지켜보고 있었다.

"기가 막힐 노릇이군."

사제 간의 비무가 그 끝을 향해 달려가고 있을 때, 고선 진인이 고개를 절레절레 흔들었다.

유대웅이 빙검의 진원지기를 얻었다는 것을, 덕분에 생사현관을 타통했다는 것을 들어 알고 있었지만 아무리 그렇다고 해도 그 짧은 시간에 이토록 비약적인 발전을 할 줄은 꿈에도 몰랐다는 표정이었다.

"패왕칠검이 얼마나 무서운 검법인지 새삼 느끼게 되는군요."

명선 진인 또한 유대웅의 움직임에서 눈을 떼지 못하고 있었다.

"그동안 검법을 뒷받침할 만한 내력이 없어서 제대로 사용을 못하더니만 완전히 탄력을 받은 모습이야."

"각 초식의 연결이 너무 훌륭하고 내력의 운용 또한 물 흐르듯 부드럽습니다. 패왕칠검을 제대로 이해하고 습득했다고 봐도 무리는 아닌 것 같군요."

"하지만 더욱 놀라운 것은 패왕칠검이 아니라 매화삼십육검, 나아가 매화십이검에 대한 성취네. 그동안 우리와의 비무를 통해 많은 발전이 있는 것은 알았지만 이 정도일 줄은 미처 몰랐어. 역시 내력이 부족해 제대로 사용하지 못하고 있었던 모양이네."

"임기응변 또한 무서울 정도군요. 이건 완전히 형과 식을 벗어난 것 같습니다."

"뭐, 우리가 그렇게 가르치기는 했지만 보면 볼수록 놀랍군."

고선 진인과 명선 진인은 주거니 받거니 하며 유대웅의 무위를 칭찬했다.

태선 진인이 손속에 인정을 두고 있었지만 그래도 반 시진이 넘는 시간 동안 검을 맞대고 있을 수 있다는 그 자체만으로도 유대웅의 무위는 칭찬받아 마땅한 것이었다.

곁을 지키고 있던 청우는 뭐라 표현할 수 없는 뿌듯함에 눈시울까지 붉히고 있었다.

'장하다, 사제. 정말 장해.'

그동안 태선 진인을 대신해 사실상의 사부 역할을 했던 청우의 뇌리에 결코 짧지 않은 지난날의 생활들이 주마등처럼 스쳐 지나갔다.

청우가 추억에 잠겨 있는 동안 낙안봉 정상에 폭음이 울려 퍼졌다.

퍼뜩 정신을 차린 청우가 고개를 돌렸을 땐, 유대웅은 이미 한참을 날아가 처박힌 상태였다.

거친 호흡을 가다듬으며 다가온 태선 진인을 향해 고선 진인이 너털웃음을 터뜨렸다.

"까딱하면 큰 망신을 당하실 뻔했습니다, 사형."

"아직 그 정도는 아니네."

"그래도 몇 번의 공격은 등골이 서늘하셨을 것 같습니다
만."

고선 진인의 의뭉스런 눈빛에 태선 진인이 콧방귀를 뀌었
다.

"죽을힘을 다해 덤비면서도 그 정도 기회도 얻지 못한다면
그동안 가르친 보람이 없겠지."

"가르친 보람은 충분해 보였습니다."

명선 진인의 말에 비로소 입가에 미소를 지은 태선 진인이
미동도 하지 않고 쓰러져 있는 유대웅을 가만히 바라보다 물
었다.

"준비는 다 되었느냐?"

"예, 사부님."

"깨어나는 길로 바로 내려보내거라."

"예?"

청우가 깜짝 놀란 표정을 짓자 명선 진인이 그를 다독였다.

"사제 간, 검으로 이미 충분히 인사를 나누었는데 무슨 인
사가 또 필요할까. 아쉬움과 미련만 남을 뿐."

고선 진인까지 맞장구를 쳤다.

"아무렴. 번드르르한 말 몇 마디보다는 이런 인사가 제대

로 된 인사지. 그리고 녀석이 깨어나거든 이것을 전해주거라."

고선 진인이 품에서 꺼낸 것이 자소단이라는 것을 본 청우의 눈이 동그래졌다.

"명색이 사숙들이 전도유망한 사질이 무림에 출도하는데 그냥 보낼 수야 없지. 둘 다 평생을 빈털터리로 지내다 보니 지닌 것은 이것뿐이로구나."

"하, 하지만……."

두 개의 자소단이 얼마나 큰 가치를 지닌 것인지 너무나 잘 알기에 청우는 감히 받지를 못했다.

"네 녀석에게 주는 것도 아닌데 뭘 그리 놀라느냐? 어서 받아."

고선 진인의 윽박지름 속에 자소단을 받게 된 청우가 어쩔 줄을 몰라 할 때 명선 진인이 웃으며 입을 열었다.

"사형께서도 마지막으로 한 말씀 남기시지요."

"말은 무슨……."

"그래도 녀석 입장에선 사형의 한마디 격려가 앞으로의 행보에 큰 힘이 될 것입니다."

"음."

잠시 눈을 감고 생각에 잠겼던 태선 진인이 천천히 입을 열었다.

"어떤 일을 행함에 있어 네 스스로 책임만 질 수 있다면 장부로서 부끄럽지 않을 것이다."

"전하도록 하겠습니다."

청우가 경건하게 허리를 꺾었다.

하나, 굳이 그가 전할 필요는 없었다.

혼절했던 유대웅이 이미 정신을 차렸기 때문이다.

그리고 태선 진인과 고선, 명선 진인 역시 이를 알고 있었다.

'명심하겠습니다, 사부님.'

한줄기 눈물이 그의 볼을 타고 흘러내렸다.

第十一章
귀향(歸鄕)

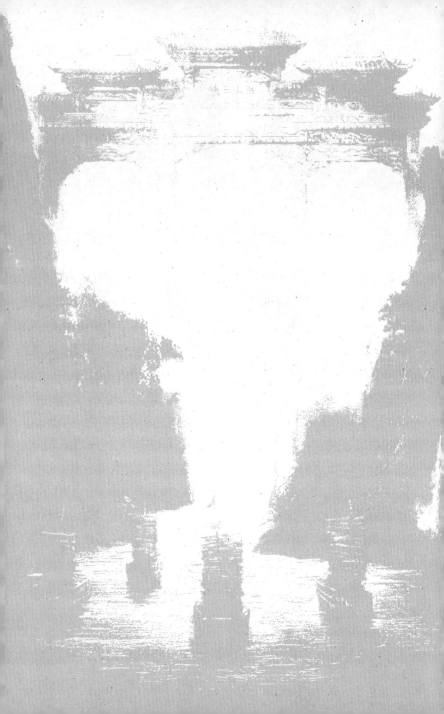

예상치도 못한 시기에 하산을 하게 되어 아쉬움은 컸지만 유대웅은 이미 결정된 일에 뒤를 돌아보는 성격이 아니었다.

　산을 내려온 그는 망설이지 않고 장가계로 향했다.

　당장 무엇을 하고자 하는 계획은 없었지만, 설사 그렇다 하더라도 우선은 부친이 잠들어 있는 장가계를 찾는 것이 먼저라는 생각 때문이었다.

　섬서와 사천을 가로지르는 대파산(大巴山)을 단숨에 넘은 유대웅은 화산을 떠난 지 정확하게 열흘 만에 장강삼협(長江三峽)의 종착지로 유명한 의창(宜昌)에 도착할 수 있었다.

　장강삼협은 사천에서 호북까지 장강 주류에 있는 세 개의 협곡을 일컫는데, 상류에서부터 구당협(瞿塘峽), 무협(巫峽), 서릉협(西陵峽)으로 이어지며 그 길이가 무려 오백여 리나 되었다.

험한 산맥을 관통해 도도히 흐르는 장강과 그 양쪽으로 치솟은 산, 그 산을 아우르는 운무는 그야말로 그림에서나 볼 수 있는 환상적인 경치를 자랑했는데 역사, 문화적으로도 중요한 곳으로 장강삼협의 주변에 온갖 유적지가 산재해 있었다.

"와, 많다."

유대웅은 길을 가득 메우고 있는 인파의 행렬에 입을 쩍 벌렸다.

"어이, 대체 뭔 일이기에 이 많은 사람들이 쏟아져 나온 거냐?"

유대웅이 삶은 돼지고기와 죽엽청 한 병을 놓고 사라지려는 점소이를 불러 세우며 물었다.

밀려드는 손님들 덕분에 정신 차릴 수 없을 정도로 바쁜 와중에도 이제 겨우 열서너 살 정도로 보이는 어린 점소이는 웃음을 잃지 않고 친절하게 대답했다.

"지난 며칠 동안 쏟아진 폭우 때문에 항구에 묶여 있던 배들이 일시에 출항 준비를 하느라 그래요."

"아무리 그래도 그렇지."

유대웅이 쉽게 이해를 하지 못하겠다는 듯 고개를 갸웃거리자 점소이가 누런 이를 활짝 내보이며 웃었다.

"크기가 이십 장에 달하는 상선이 네 대, 그에 못지않은 유람선이 두 대, 이외에도 소규모 상선은 훨씬 많아요. 모르긴 몰라도 그들 모두가 출항을 끝내려면 저녁은 되어야 할걸요."

"그렇… 구나."

유대웅이 기름이 잘잘 흐르는 돼지고기를 입안 가득 찢어 넣으며 고개를 끄덕였다.

"그런데 손님은 어디를 가시는데요? 자리 구하기가 쉽지 않을 건데요."

"나? 난 그냥 강을 건너기만 하면 되는데. 그것도 어려울라나?"

"아니요. 단순히 강을 건너시는 건 문제될 것 없어요. 오고가는 워낙 배가 많아서."

"그래? 그거 다행인데. 아무튼 고맙다."

점소이에게 동전을 쥐어주고 활짝 웃는 점소이에게 마주 웃음을 지어 보인 유대웅은 이내 먹는 데 집중했다. 화산에서 지낸 삼 년 동안 그의 기준에서 제대로 된 음식을 먹지 못한 데다가 의창까지 오는 도중에도 변변한 마을을 만나지 못한 터라 끼니를 거르기 일쑤였기 때문이다.

"꺼윽!"

장정 서너 명은 먹어야 될 정도로 많은 음식을 뱃속에 쏟아

부은 후, 입가심으로 죽엽청까지 기분 좋게 들이켠 유대웅이 밀려오는 포만감에 배를 두드리며 주변으로 고개를 돌렸다.

의창에서도 세 손가락 안에 드는 주루답게 자리가 넓었는데 그 많은 자리에 사람들이 꽉꽉 들어차 있었다.

'이 정도면 떼부자 되는 것은 순식간이겠는데.'

돈을 마구 쓸어 담으며 행복한 미소를 짓는 주인을 떠올리던 유대웅이 주루 밖, 위풍당당하게 걸어가는 일단의 무리들에게 시선을 주었다.

인원은 대략 삼십 명. 구별할 수 없을 정도로 비슷한 옷에 허리춤에는 하나같이 무기를 차고 있는 것을 보면 어떤 무관이나 표국에 속한 사람들 같았다.

"창천무관(蒼天武館) 사람들이네요."

조금 전 건네준 동전의 위력인지 어느새 다가온 점소이가 고개를 모로 빼며 말했다.

"지난번보다 인원이 적네. 흠, 여러 곳으로 분산돼서 그런가? 하긴, 이곳저곳에서 불러댈 터이니. 월성무관(月星武館)에서도 온 것 같던데 이번엔 좀 조용히 지나갔으면 좋겠는데."

한참 동안이나 혼잣말을 주저리던 점소이는 유대웅의 눈길을 의식하곤 멋쩍은 웃음을 흘렸다.

"히히히, 지난번에 창천무관 사람들하고 월성무관 사람들이 대로에서 한판 붙었거든요. 구경하는 거야 재밌지만 이곳까지 난장판이 돼버려서…….”

“무관이면 무술이나 가르칠 것이지 왜 저리 떼거지로 돌아다니는 거냐?”

“호위무사로 출장 가는 거예요.”

“호위무사?”

“예. 근자 들어 수적들이 하도 난리를 피워서.”

순간, 유대웅의 눈빛이 반짝거렸다.

“수적?”

“예. 극성도 이런 극성이 없어요. 그나마 이쪽하고 무협은 좀 나은데 구당협을 지날라 치면 난리도 아니라고 하던데요. 움직이는 배의 삼 할은 수적들이 타고 다니는 배래요.”

유대웅의 눈에 곤혹스런 빛이 흘렀다.

점소이의 입에서 그가 생각하는 것과는 전혀 다른 말이 흘러나왔기 때문이다.

“구당협에 그렇게 수적이 많단 말이야? 아니, 수적이야 많을 수 있지만 그렇게 극성스럽지는 않을 텐데.”

“말도 마세요. 인근 무관들이 저리 성업하는 이유가 다 그놈들 때문이라니까요. 원래 다 고만고만한 무관들이었는데 이제는 거대 문파처럼 변해 버렸어요.”

“그… 래? 내가 알기론 구당협 쪽에는 일심맹이라는 곳이 있어 수적들도 나름 질서를 지킨다고…….”

“에이, 그건 옛날 얘기고요. 주인어른도 그런 얘기를 하긴 했지만 요즘은 안 그래요. 그 수적들을 조종하는 곳이 일심맹이라던데요. 말하자면 수적들의 우두머리 정도?"

"……."

유대웅은 큰 충격을 받은 표정으로 입을 다물었다.

그도 그럴 것이 그의 부친이 이끌던 일심맹은 비록 수적들의 연합체이긴 했어도 그들만의 법과 질서를 가지고 장강을 오르내리는 이들과 공생을 하며 살아갔기 때문이었다.

함부로 살생을 하지 않는 것은 물론이고 무리하게 약탈도 하지 않았다. 적당한 액수의 통과세를 내면 오히려 안전을 보장까지 할 정도였다.

'일심맹이 그렇게까지 변질되었단 말인가?'

마음이 아팠다. 그리 내세울 만한 업적은 아니었지만 그래도 부친이 평생을 바친 일심맹이 단 몇 년 만에 악랄한 수적들의 대표격으로 전락한 것이 영 마음에 걸렸다.

'아버지가 계시지 않는다고 해도 여러 장로들이 그럴 분들이 아닌데. 숙부들도 그렇고. 다소 변질되는 것은 어쩔 수 없다손 치더라도 이렇게 급변한다는 것은…….'

뭔가 찜찜한 느낌이 들었다.

그렇다고 점소이에게 물어봤자 답이 나올 얘기가 아니었다.

"부탁 하나만 하자."

유대웅이 동전 하나를 내밀며 물었다.

얼른 낚아챈 점소이가 환히 웃으며 고개를 끄덕였다.

"얼마든지요."

"중경으로 가는 배를 타려면 어찌해야 하는지 알려다오."

"중경이오? 아까는 강을 건너신다고……."

"갑자기 볼일이 생각나서."

"음, 대형 상선은 힘들 것 같고요. 큰 유람선도 이미 만선이 되었을 테고. 그래도 찾아보면 있을 거예요. 아쉽네요. 조금 빨리 오셨으면 안전한 배를 타고 가실 수 있었을 텐데요."

"안전한 배? 군선을 말하는 거냐?"

유대웅이 고개를 갸웃거리며 물었다.

다른 어느 때보다 수적들이 극성을 부리고 있는 장강의 물길에 안전한 배가 있다는 것이 이상했기 때문이다.

"아니요. 이른 아침에 와룡숙(臥龍宿)의 재사를 태운 배가 중경으로 향했거든요."

"와룡숙? 그게 뭔데?"

유대웅이 이해를 하지 못하겠다는 표정으로 묻자 도리어 점소이가 어이없다는 표정을 지었다.

"세상에, 무사님치고 와룡숙을 모르는 분이 있을 줄은 꿈에도 몰랐네요. 정말 모르시는 거예요?"

"글쎄, 들어본 것 같기는 하지만 자세히는……."

그리고 보니 언젠가 들어본 이름인 듯싶었다. 다만 관심이 없어 그다지 신경을 쓰지 않았을 뿐.

"그러니까 와룡숙은요……."

점소이는 입에 침을 튀겨가며 열변을 토했다. 말은 장황하고 길었지만 요점은 다음과 같았다.

와룡숙은 한마디로 인재 양성소였다.

백육십여 년 전, 당시 욱일승천하는 기세로 세를 키워가던 마황성에 맞서다가 몰락한 모용세가(慕容世家)는 이후 무림과의 연을 끊고 대신 와룡숙이라는 인재 양성 기관을 세워 그들이 지닌 온갖 학문과 잡학을 가르치기 시작했다.

잡학에서만큼은 제갈세가(諸葛世家)를 능가한다고 일컬어지던 모용세가의 저력은 와룡숙에서 수학하고 세상에 모습을 드러낸 이들에 의해 확실하게 증명되었다.

와룡숙에서 배출한 인재들은 대부분이 무림과 상계에서 대단한 활약을 펼쳤는데, 특히 백 년 전 구파일방이 외면하는 가운데 무림오대세가의 연합을 진두지휘하며 마황성의 기세를 눌러 버린 총군사와 그를 도와 지혜를 짜낸 세 명의 군사가 모두 와룡숙 출신이라는 것이 알려지면서 와룡숙의 명성은 온 천하를 진동시켰다.

이후 이름깨나 날리는 문파나 무관, 상단, 표국 등에서 와룡숙에서 수학한 인재를 끌어오기 위해 혈안이 되면서 와룡숙은 자타 공히 천하제일 인재 양성소로 자리 잡기 시작했다.

'와룡숙의 인재를 얻지 않고는 기둥 하나도 제대로 세울 수 없다', '천하를 얻고자 한다면 와룡숙으로 오라'라는 말이 유행처럼 번질 정도로 와룡숙의 명성은 그야말로 하늘을 찔렀다.

"그래서? 이번에 중경에서 한 문파가 와룡숙의 인재를 데리고 간다고?"

"예. 그 배에 와룡숙을 상징하는 쌍룡기가 올랐어요."

"그런다고 수적들이 가만 놔둘까, 수틀리면 황제의 진상품까지 노리는 놈들인데."

점소이가 손사래를 쳤다.

"절대 못해요. 쌍룡기는 와룡숙에서 배출된 인재가 처음으로 자신의 일을 찾아갈 때 이를 기념하는 건데요, 이를 무시하고 공격했다간 전 무림의 공적이 된다고 선언하는 것이나 다름없어요."

"그건 또 무슨 소리야?"

"무림에 흩어져 있는 와룡숙의 선후배들이 결코 용납하지 않거든요. 와룡숙에서 나온 뒤, 각자의 소속에 따라 평소에는 서로 원수처럼 싸우는 사이라도 쌍룡기가 공격당하는 일에는 언제 그랬냐는 듯 손을 잡을 정도니까요. 미치지 않고선 공격을 할 수가 없죠."

"하하, 그것참."

"아, 그러고 보니 애당초 공격받을 일이 없겠네요. 일심맹의 군사가 와룡숙 출신이라는 말이 있으니까요."

"음."

지금껏 웃으며 얘기를 듣던 유대웅은 일심맹이란 단어가 나오자 얼굴을 굳혔다. 또한 점소이가 입에 침을 튀기며 설명했음에도 조금은 가볍게 생각했던 와룡숙에 대해 생각을 달리하게 되었다. 일심맹 같은 수적들까지도 탐을 낼 정도라면 분명 그만한 이유가 있으리란 생각 때문이었다.

게다가 천하를 얻고자 한다면 와룡숙으로 오라는 말이 묘하게 가슴을 울렸다.

'와룡숙이라……'

유대웅의 가슴에 와룡숙이라는 이름이 진하게 각인되는 순간이었다.

"아무튼 안전한 배를 놓쳤으니 아쉽지만 다른 배를 찾으셔야겠네요. 이쪽 항구에선 찾으시기 힘들 것 같고요. 음, 주루에서 나가신 다음에 왼편으로 큰 길을 타고 가시다 보면 사거리가 나오는데, 거기서 다시 좌측으로 꺾은 뒤 일각 정도 가면 배들이 정박해 있는 포구가 보이실 거예요."

"그쪽에도 포구가 있었나?"

"예. 조금 시설이 낙후되고 외진 곳이라 의창의 토박이들과 돈이 없는 상단, 표국 등이 주로 이용하는 곳이에요. 이쪽 포구에서 미처 자리를 찾지 못한 이들도 어쩔 수 없이 그쪽 포구로 가고요. 아마 거기에 가면 남는 자리가 있을 거예요."

"고맙다."

대답에 만족한 유대웅은 다시 동전 하나를 상으로 준 뒤, 점소이가 가르쳐 준 길을 따라 걷기 시작했다.

잠시 후, 그는 규모는 조금 작기는 해도 꽤나 많은 배들이 정박해 있는 포구에 도착할 수 있었다.

몇몇 상선으로부터 거절을 당한 유대웅은 의창을 중심으로 영업하는 해명상단(海鳴商團)이 운용하는 배에 겨우 승선할 수 있었다.

이미 출발 준비가 끝났었는지 배에 오르기가 무섭게 곧바로 출항을 했다.

갑판 위, 난간을 붙잡고 시원한 강바람에 몸을 맡겼던 유대웅이 천천히 주변을 둘러보았다.

상단이 운용하는 배답게 갑판 곳곳에 짐들이 쌓여 있었다. 아마도 아래쪽 창고로도 부족해 부득이 위쪽으로 올린 짐으로 보였는데 짐을 운반하기 위해 동원된 인부들도 보였고 몇몇 무인도 보였다.

'저들이 표사인 모양이군.'

배에 오르기 전, 해명상단 예하 해명표국이 성도까지 표행 길에 나선다는 것을 들었던 유대웅은 그들이 해명표국의 표사들임을 금방 알아차릴 수 있었다.

'저들이 이 배의 호위무사들이겠고.'

유대웅이 갑판 후미에 자리 잡고 있는 십여 명의 사내를 찬찬히 살폈다. 하나같이 거친 인상에 어딘지 모르게 피 내음이 물씬 풍겼다.

'고작 이 정도의 상선에 표사 포함하여 삼십에 이르는 호위라. 상황이 생각보다 훨씬 심각한 모양이네.'

그 모든 것이 일심맹의 횡포 때문이라고 생각하자 절로 한숨이 흘러나왔다.

"젊은 친구가 벌써부터 그런 한숨인가?"

한 사내가 술병을 들고 유대웅에게 걸어왔다.

그가 배를 타기 위해 동분서주하던 자신에게 배를 주선해준 해명표국의 표두 임단철(任鍛鐵)임을 확인한 유대웅이 인상 좋은 미소로 그를 반겼다.

"덕분에 배를 구했습니다. 감사합니다."

"감사는 무슨. 동문끼리 다 돕는 것이지."

임단철의 말에 유대웅의 입가에 다소 민망한 웃음이 걸렸다.

사실, 덩치도 크고 덩치에 걸맞은 거대한 검을 소지하고 있던 유대웅은 어디를 가더라도 의심의 눈초리를 받을 수밖에 없었다. 분명 자리에 여유가 있음에도 몇몇 상선에서 그의 승선을 거부한 것도 그런 이유였다.

한데 화산파 속가의 한 갈래였던 임단철이 초천검에 달린 수실의 매듭에 매화 무늬가 새겨져 있는 것을 보곤 그가 화산파의 제자임을 단숨에 알아본 것이다.

임단철은 생각지도 못한 곳에서 동문을 만났다는 반가움

에 아무런 의심 없이 유대웅을 도왔다.

"한데 자넨 어느 분의 문하인가?"

임단철이 술병을 건네며 물었다.

"예?"

"나는 무한(武漢)의 연화무관(蓮花武館)에서 무공을 배웠네."

연화무관의 관주가 청공자에게 가르침을 받았다는 것을 알 리 없는 유대웅은 그냥 되는대로 장로 중 한 명의 이름을 팔았다.

"제 사부님께선 청정 조사님께 무공을 배우셨다고 하셨습니다."

임단철이 놀랍다는 듯 눈을 동그랗게 떴다.

"허, 그분은 '화산의 검' 이라 칭송받는 분이 아닌가? 대단하신 분께 배웠군."

"그렇… 지요."

"한데 자넨 대체 어떤 검법을 배운 것인가?"

"무슨……."

"검이 하도 커서 말일세. 쾌와 변을 중시하는 본문의 검법과 어울릴 것 같지가 않아서 말이야."

"화운검을 주로 배웠습니다. 재질이 미천하여 제대로 익히지는 못했지만요."

"화운검을 익혔군. 좋은 검법이지. 난 뇌전검을 익혔다네.

이런 큰 검으로 펼치는 화운검이라… 한 번 견식하고 싶은데 장소가 좀 그렇군."

정말 원했다는 듯 갑판을 한 번 살펴본 임단철의 얼굴에 아쉬움이 가득했다.

"기회가 있겠지요. 한데 몇 가지 여쭤봐도 되겠습니까?"

"말해보게."

"근래 들어 수적들이 날뛰고 있다는 것은 들었습니다만, 이만한 인원을 동원할 정도로 심한 겁니까?"

"심하긴 하지. 하지만 이 정도까지는 아니네. 다만 배의 운행과 표국의 표행길이 겹치는 바람에 함께하게 된 것이지. 사실 말이 나왔으니 말이지, 함께 가게 되어 조금 안심이 되기는 한다네. 수적들이 보통 설쳐 대야 말이지."

"그 정돕니까?"

"말도 못하네. 재수가 없으면 배에 실린 물건은 물론이고 목숨까지 장담을 하지 못해. 얼마 전에 놈들과 정면으로 부딪친 상선은, 아, 규모가 조금 작기는 했다네. 호위무사들도 몇 되지 않았고. 아무튼 그야말로 처참한 피해를 입고 말았다네. 목숨을 잃은 자들만 이십이 넘을 정도였어."

"수적들이 그리 설치는데 관에선 아무런 대책도 세우지 않는답니까?"

"그래 봤자 잠깐이지. 관에서 대대적으로 토벌을 한다 싶으면 아예 흔적도 없이 사라져. 그리고 관이 철수를 하면 언제 그랬냐는 듯 다시 활개를 치고. 게다가 장강의 물길이라는 것이 워낙 복잡한지라 마음만 먹으면 관에서 아무리 병력을 동원해도 잡아낼 재간이 없다네. 해서 이제 어지간한 배에는 호위무사들이 가득하고 그렇게 할 수 없는 배들끼리는 서로 연합하여 함께 운행에 나서기도 한다네. 이 모든 게 그 일심맹인가 뭔가 하는 놈들 때문이야."

"일심맹이오?"

"그래. 옛날에는 그러지 않았는데 오륙 년 전인가, 맹주라는 자가 목숨을 잃더니만 완전히 도적놈들 소굴로 변해 버렸어. 한 번 털린 배는 다시 털지 않는다는 제 놈들의 규칙도 완전히 무시하고. 요즘은 아예 먼지까지 털어가 버린다고 하더군. 제 놈들 뜻에 조금만 거슬리면 사람 목숨을 파리 목숨으로 만들어 버리고."

말이 이어지면 이어질수록 유대웅의 안색이 좋지 않게 변하자 그것이 두려움 때문이라 여긴 임단철이 그의 어깨를 두드리며 호탕하게 웃었다.

"그래도 너무 걱정하지 말게. 자네도 보다시피 이 배의 전력은 상당하니까. 적당히 통행세만 주고받으면 큰 충돌은 없을 걸세. 그놈들도 제 목숨 아까운 줄은 아는 놈들이니까 말이야."

"예, 그렇겠지요."

유대웅은 쓰디쓴 웃음과 함께 고개를 끄덕여야만 했다.

수적이 득실댄다는 세간의 소문과는 달리 유대웅이 탄 상선은 별다른 문제 없이 서능협과 무협을 지날 수 있었다.

하나, 구당협은 달랐다.

일심맹의 악행이 극을 달린다는 구당협에 이르자 그동안 여유있던 호위무사들과 표사들의 눈빛이 달라졌다.

그들의 예측대로 구당협에 들어선 지 정확하게 반 시진이 지난 오후, 두 척의 배가 상선을 향해 다가오기 시작했다.

"결국 만나게 되었군."

유대웅과 얼마 떨어지지 않은 곳에 있던 늙은 선원이 두려움과 분노가 섞인 눈초리로 미끄러지듯 다가오는 배를 노려보았다.

'깃발이 흑공작? 가만있자 흑공작이면 어디였더라……'

수적들이 탄 배에 휘날리는 깃발이 꽤나 익숙했던 유대웅이 어릴 적 기억을 떠올리며 수적들의 정체를 파악하고자 했다.

굳이 기억을 떠올리지 않아도 얘기를 해줄 사람은 많았다.

"기문채(夔門寨)다."

"후~ 그나마 다행이네."

곳곳에서 안도의 한숨이 흘러나왔다.

'맞다, 기문채.'

기억을 되살린 유대웅이 새삼스런 눈길로 어느새 십여 장

가까이로 접근한 배를 살폈다.

갑판 위에는 벌써부터 흥분한 수적들이 온갖 고함 소리를 질러대며 사기를 끌어올리고 있었다. 이미 상선에 걸 갈고리를 돌리는 자들도 보였다.

수적들이 상선을 공격하는 방법은 간단했다.

목표한 배에 최대한 배를 붙인 후, 동시다발적으로 수십 개의 갈고리를 투척한다.

목표가 된 배에선 그 갈고리를 제거하기 위해 필사적으로 노력하지만 갈고리를 연결하는 줄이 칼로도 잘 잘리지 않을 정도로 질기게 만들어진데다가 워낙 많은 갈고리가 배로 날아들기 때문에 십 중 팔은 떼어내지 못하고 수적의 침입을 허용하고 마는 것이다.

"던져라!"

걸걸한 외침과 함께 십여 개의 갈고리가 수적선에서 날아들었다.

상선 곳곳에서 당황스런 움직임이 감지되었지만 날아든 갈고리를 제거하거나 하지는 않았다.

끼끼끼끼.

갈고리가 당겨지고 두 배가 거의 밀착될 쯤, 수적선에서 밀어 넣은 나무판자가 배와 배를 연결하는 다리가 되었다.

나무판자가 걸쳐지기가 무섭게 몸을 날린 수적들이 위풍당당한 걸음걸이로 상선으로 넘어왔다.

인원은 다섯 명.

상선으로 건너온 해적들은 오만한 미소와 함께 상선 이곳
저곳을 둘러보았다.

두려움에 떠는 선원들과 상인들, 그리고 그들이 운반하는
짐을 볼 때엔 탐욕에 젖은 눈이 되었고 적의를 보이고 있는
표사들과 호위무사들을 보았을 땐 두 눈이 살기로 번들거렸
다.

그렇다고 충돌이 일어나거나 하지 않았다.

수적선에서 갈고리가 상선으로 날아들고 그것을 제거하려
는 시도를 하지 않은 순간부터 이미 협상은 시작된 것이고 협
상이 결렬되기 전까진 서로에게 나름의 예를 차릴 것이었다.

하나, 상황이 언제 돌변할지는 아무도 모르는지라 표물을
지키는 표사들과 호위무사는 물론이고 힘깨나 쓰는 선원들까
지도 언제든지 적의 공격에 맞아 싸울 준비를 하고 있었다.

"누가 이 배를 이끌고 있소?"

중년을 갓 넘긴 수적의 외침에 저마다 눈치를 보자 이미 이
와 같은 일이 벌어질 때를 감안하여 전권을 위임받은 해명표
국의 대표두 곽찬(郭燦)이 한 걸음 앞으로 나섰다.

"배를 이끈다고는 할 수 없지만 내가 협상의 전권을 가지
고 있다고 보면 되오. 오랜만이오, 좌 부채주."

"호, 이게 누구시오. 비월도(飛月刀)가 아니시오?"

곽찬과 일찍이 안면이 있던 기문채의 부채주 좌헌(左爛)이

반색하며 아는 체를 했다.

서로의 실력을 아는 사람과 협상을 한다는 것은 그만큼 큰 충돌 없이 협상을 마무리할 수 있다는 것이기에 좌헌이나 곽찬은 내심 안도의 한숨을 내쉬었다.

"이거 모르는 처지도 아닌지라 그냥 보내 드리고 싶지만 우리도 입장이라는 것이 있어서……."

좌헌이 궁색한 말을 늘어놓으며 곽찬을 힐끗거렸다.

"이 배의 안전만 보장한다면 우리 역시 적당한 통행세를 낼 의향이 있소. 단도직입적으로 말해보시오. 얼마면 되겠소?"

언제나 그렇듯 시원시원한 곽찬의 성격을 마음에 들어한 좌헌이 천천히 상선을 둘러보더니 대답했다.

"이 정도 규모의 상선이라면 은자 오십 냥은 받아야 할 것 같소."

"음."

곽찬의 입에서 신음이 흘러나왔다.

예상은 했지만 생각보다 요구하는 액수가 너무 컸다. 자신이 이끄는 표행만 따로 따져도 임무를 완수했을 때 돌아오는 이득이 정확히 은자 칠십 냥이었다. 물론 상선에는 그들 표국뿐만 아니라 많은 이들이 함께 타고 있어 부담을 조금 덜 수는 있지만 은자 오십 냥이면 상식적으로도 너무 큰 액수였다.

곽찬이 머뭇거리는 듯한 모습을 보이자 좌헌이 조금은 미안한 표정으로 말을 이었다.

"나름 사정을 봐준 액수요. 위에서 요구하는 금액이 상당히 올라서……."

그 위라는 것이 일심맹이라는 것을 모르지 않는 곽찬이 한숨을 내쉬었다.

"그래도 이건 너무하지 않소. 일 년도 되지 않아 세 배의 통행세라니. 재고의 여지는 없는 것이오?"

"이미 사정을 봐준 액수라 말씀드렸소만."

좌헌이 고개를 흔들었다.

곽찬이 굳은 얼굴로 좌헌과 그를 수행하고 온 수적, 그리고 두려움에 떨고 있는 상인들과 선원들을 한동안 응시하다가 고개를 끄덕였다.

"알겠소. 그렇게 합시다."

순간, 숨죽여 그를 바라보던 이들의 입에서 짧은 탄식이 흘러나왔다.

"현명한 판단이오."

자칫하면 생사결을 벌여야 한다는 생각에 잔뜩 긴장하고 있던 좌헌은 등줄기가 살짝 젖어오는 것을 느끼며 엄지를 치켜세웠다.

"단, 이후의 행보는 기문채, 아니, 일심맹에서 보장해 줘야 할 것이오."

환한 미소를 짓던 좌헌의 미간이 살짝 찌푸려졌다.

"최소한 구당협에선 별일이 없을 것이오. 하지만 이후 엔……."

"이후의 물길도 일심맹이 장악하고 있다고 아오만."

"그렇기는 하지만 워낙 많은 인간들이 설치고 다녀서… 그래도 구당협만 지나면 이 정도 규모의 상선을 공격할 수채는 없을 것이오."

"보장해 준 것으로 알겠소."

"……."

좌헌이 침묵을 지켰지만 곽찬은 그것을 허락의 표시로 알고 준비한 금액을 건네줬다.

옆에 있던 수하가 주머니를 받아 들자 좌헌이 고개를 까딱였다.

"좋은 거래였소."

"다시 보진 맙시다."

"흐흐흐."

좌헌 등이 음침한 미소와 함께 하선을 하자 그제야 곳곳에서 수적들의 횡포를 토로하는 분노의 음성이 터져 나왔다.

"그래도 다행이여. 기문채가 아니라 다른 놈들이라면 이렇게 순순히 물러나지 않았을 텐데."

노선원의 말에 유대웅이 어이가 없다는 표정으로 되물었다.

"은자 오십 냥입니다. 그만한 액수를 빼앗기고도 다행이라 여기시는 겁니까?"

"모르는 소리. 다른 놈들이라면 더 원했을 게야. 그리되면 십중팔구 싸움이 벌어졌을 것이고 결과가 어찌 될지는 아무도 모르지. 수적 놈들을 모조리 수장시킬 수도 있고 반대가 될 수도 있고."

"세상에. 대체 언제부터 장강의 물길이 이 모양이 된 겁니까?"

"몇 년 되었지. 그전에도 통행세는 있었지만 서로 충분히 납득할 만한 액수였고, 이토록 버겁지는 않았어. 게다가 옛날엔 통행세를 내거나 한 번 털린 상선은 건드리지 않는 것이 불문율이었는데 지금은 그런 것도 없다네. 벗겨 먹을 수 있는 거라면 오물에 찌든 속곳까지 벗겨 먹으려고 하니."

노선원은 고개를 설레설레 흔들며 자리를 떴다.

유대웅은 선원이 떠난 이후에도 한참 동안이나 생각에 잠겼다.

이 모든 혼란의 원흉이라 할 수 있는 일심맹과 그 일심맹을 위해 평생을 바친 부친을 생각하는 그의 가슴은 조금씩 뜨거워지고 있었다.

*   *   *

곽찬의 요구가 수용된 것인지 아니면 좌헌의 말대로 상선을 노릴 만한 수적들이 없는 것인지 구당협 이후의 물길은 나름 평온했다.

기문채의 수적들과 조우한 지 만 하루, 장수(長壽)에 도착한 유대웅은 헤어짐을 아쉬워하는 임단철을 뒤로하고 하선한 뒤 일심맹이 위치한 장수호를 향해 움직였다.

유유히 떠다니는 고깃배조차도 하나같이 수적과 연결되어 있기에 유대웅은 물길을 포기하고 육로로 이동하여 반나절 만에 장수호에 도착했다.

장수호 주변에도 많은 크고 작은 마을들이 존재했고, 많은 이들이 장수호에 의지하여 생업을 유지하고 있었다. 하지만 그들 중 수적들과 연계되지 않은 자가 없었으니, 그들이야말로 일심맹의 눈과 귀와 같은 사람들이었다.

유대웅은 최대한 조심스레 일심맹에 대한 조사를 시작했다.

대부분의 내용이 이미 외부에서 전해 들은 것들과 큰 차이가 없었지만 그래도 몇 가지 중요한 사실을 알 수가 있었다.

우선 일심맹의 맹주였던 부친의 사후, 비어 있던 맹주 직을 차지한 사람이 일심맹에서 그다지 영향력이 없던 무령채(舞嶺寨)의 채주 황우(黃牛)라는 것이고 작금의 사태가 그때부터 시작되었다는 것.

소문에 의하면 황우가 일심맹의 맹주가 될 수 있었던 데에는 보이지 않는 힘이 작용을 했는데, 그들은 당시 별다른 힘이 없었던 황우에게 일심맹의 맹주 직을 차지할 수 있도록 도왔으며, 이후 그에게 반기를 드는 일심맹의 주요 수뇌들을 굴복시킨 것도 바로 그들이라는 것이다.

"혈사림이란 말이지."

확실한 것은 아니지만 여러 상황을 조합해 본 결과 유대웅은 황우를 도운 보이지 않는 손이 혈사림임을 확신했다.

"여전히 더럽게 놀고 있군그래."

유대웅은 자신도 모르게 가슴에 손을 댔다.

지금에야 흔적도 없이 사라졌지만 혈사림의 이자웅에게 당했던 빙살음혈기의 고통이 지금도 생생하게 남아 있었다.

"그나저나 비사도(飛蛇島)엔 어찌 잠입한다. 소문을 확인하기 위해서라도 가지 않을 순 없고."

황우에게 저항했던 이들 중 일부가, 특히 부친을 도와 일심맹의 기틀을 다진 대장로 장우기(張祐技)가 비사도에 갇혀 있다는 것을 확인한 유대웅은 비사도에 직접 잠입하기로 결정했다.

그날 오후, 주루 삼층에 딸린 객실에서 충분히 휴식을 취한 유대웅은 밤이 깊어지자 장수호 동북쪽에 치우친 곳에 위치한 비사도를 향해 은밀히 움직였다.

다소 흐린 날씨가 달과 별빛을 가려줘서 물살을 가르는 유대웅을 완벽하게 숨겨주었다.

삼엄한 경계가 펼쳐져 있을 것이란 생각과는 달리 비사도엔 별다른 경계병이 없었다.

길이 백여 장, 폭이 십여 장 정도의 갈대섬 중앙에 위치한 첨탑에 앉아 있는 자가 전부였다. 그나마도 졸고 있는지 유대 웅이 비사도에 접근하는 동안 단 한 번도 움직이지 않았다.

성공적으로 비사도에 잠입한 유대웅이 혹여 매복이 있는 것은 아닌지 주변을 살피기 시작했다. 한참을 주의 깊게 살펴도 아무런 기척도 걸리지 않았다.

"이게 뭐야? 뭐가 이리 허술해. 정보가 잘못된 건가?"

유대웅은 조금은 불안한 마음을 가지며 첨탑이 있는 섬 중앙으로 향했다.

비사도라는 이름답게 움직일 때마다 발밑에서 뱀들이 꿈틀댔지만 유대웅은 별로 개의치 않고 거침없이 나아갔다.

단숨에 첨탑 아래까지 도착한 유대웅의 눈에 뇌옥이라 하기엔 어딘지 이상한 조그만 건물 하나가 들어왔다. 그래도 서넛의 인기척이 느껴지는 것이 조심은 해야 할 듯싶었다.

고양이의 움직임보다 더욱 은밀히, 그리고 신속하게 첨탑에 오른 유대웅이 여전히 잠에 취해 있는 사내의 수혈을 짚었다. 그리곤 건물 안으로 조용히 잠입했다.

사내 셋이 간이 침대에 아무렇게나 널브러져 있었고, 그들 발아래에 빈 술병이 굴러다녔다.

일일이 수혈을 짚은 유대웅은 어렵지 않게 지하로 향하는 통로를 발견할 수 있었다.

지하로 향하는 좁디좁은 통로를 지나는 동안 만일의 상황에 대처하기 위해 잔뜩 긴장을 했지만 막상 지하 뇌옥에 도착하고 보니 그럴 필요가 전혀 없었다.

빛이라곤 희미하게 타고 있는 횃불 하나가 전부인 뇌옥엔 코를 들기 힘들 정도로 짙은 악취와 악취를 뚫고 퍼지는 혈향, 그리고 죽음을 앞둔 이들의 미약한 신음 소리뿐이었다.

벽에 걸린 횃불을 빼어 들고 자신이 입고 있던 옷을 찢어 불길을 키운 유대웅이 뇌옥을 살피기 시작했다.

끔찍한 고문이 가해진 듯 한쪽에 온갖 해괴한 도구들이 어지럽게 널려 있었다. 그 도구들 주변으로 검게 말라붙은 핏자국과 곰팡이가 핀 살점들이 굴러다니고 있었다.

"음."

악취에 인상을 찌푸린 유대웅이 쇠창살로 막혀 있는 옥실로 움직였다.

그곳엔 총 아홉 명이 고통에 신음하고 있었는데 그야말로 목불인견(目不忍見), 하나같이 인간이라 할 수 없을 정도로 찢기고 망가진 몸들을 하고 있었다.

초천검을 들어 자물쇠를 단숨에 부숴 버린 유대웅이 안으로 들어서자 죄수들이 두려움에 떨며 자리를 비켜났다. 그나마 움직이는 이들은 고작 다섯 명, 나머지 네 명은 아예 미동조차 없었다.

"대장로님 계십니까?"

아무런 대꾸도 없었다.

"이곳에 장우기 대장로님이 갇혀 계신다는 말을 들었습니다."

그제야 미동도 없이 누워 있던 한 죄수가 힘겹게 몸을 틀었다.

"누… 군가?"

"대장로십니까?"

"한때는… 그렇… 게 불린 적도 있었지."

횃불 사이로 자조의 웃음이 보였다.

"접니다, 대웅이. 기억하시겠어요?"

"대웅… 유… 대웅?"

유대웅이 씨익 웃었다.

"예, 바로 접니다. 기억하고 계시군요."

장우기가 덜덜 떨리는 손으로 유대웅의 얼굴을 어루만졌다.

"저, 정말 대웅이란 말이냐? 네, 네가 어찌 이곳에?"

"장로님을 구하러 왔습니다. 많이 상하셨네요."

과거의 모습을 전혀 찾아볼 수 없음에 마음 한곳이 짜르르했지만 애써 내색하지 않았다.

"크크크, 상했지. 많이 상했지."

"그런데 어째서 이들뿐이지요? 훨씬 많은 사람들이 갇혀 있다고 들었는데요."

장우기가 힘없이 고개를 흔들었다.

"다 죽었다. 모진 고문에, 배고픔에 버티다 못해 다 죽었어. 고통을 참지 못하고 변절한 자들도 있긴 하지만 대다수는 끝까지 저항하다 목숨을 잃고 말았다. 이제 이들이 전부다. 그나마도 며칠 버티지 못할 것 같지만."

"그렇… 군요."

유대웅은 저 아래서부터 뭔가 뜨거운 것이 치밀어 오르는 것을 느끼며 장우기를 부축했다.

"자, 이제 가시죠. 못 움직이시는 분들은 부축해 드리고요."

장우기를 들쳐 업은 유대웅이 지상으로 올라온 후, 서로에게 의지한 죄수들이 하나둘 모습을 드러냈다.

"저들은 어찌 된 것이냐?"

장우기가 쓰러져 있는 경계병들을 가리키며 물었다.

"기절시켰습니다. 내일 아침은 되어야 일어날걸요."

그의 말이 끝나기가 무섭게 죄수 중 한 명이 달려들어 옆에 있던 의자로 경계병의 머리를 후려쳤다.

머리가 수박 터지듯 박살나며 허연 뇌수가 사방으로 퍼졌다.

나머지 사람들도 같은 운명이었다.

미처 말릴 사이도 없이 벌어진 상황에 유대웅의 표정이 굳어지자 장우기가 그의 옆구리를 가만히 두드렸다.

"이해해라. 저놈들의 낙이 매일같이 우리를 고문하고 괴롭히고 모욕을 주는 일이었으니까. 수많은 동료들이 놈들의 폭행에 목숨을 잃었다."

무방비로 쓰러져 있는 상대를 그리 만들었다는 것이 마음에 들지는 않았지만 이해는 할 수 있었기에 유대웅도 더 이상 토를 달지 않았다.

"한데 이곳엔 어찌 왔느냐?"

"헤엄쳐서 왔습니다."

"배는?"

"없는… 데요."

순간, 장우기가 황망스런 표정을 지었다.

"하면 우리는 어찌 빠져나간단 말이냐? 설마하니 이 몸을 한 우리에게 함께 헤엄치자는 말은 아니겠지?"

"예? 아!"

그제야 자신이 무엇을 실수한 것인지 이해한 유대웅이 어쩔 줄을 몰라 하자 조금 전 경계병의 머리를 부순 사내가 걸어왔다.

"급한 대로 뗏목을 만들면 되지 않습니까?"

"뗏목? 될까?"

장우기의 물음에 사내가 고개를 끄덕였다.

"육지까지 거리가 백 장 조금 넘습니다. 그 정도면 뗏목으로도 충분할 것 같습니다. 뗏목은 이걸 부수면 금방 만들 수 있습니다."

사내가 목재로 만들어진 건물 벽면을 툭 치며 말했다.

"부수는 거야 쉽지요."

말이 끝나기가 무섭게 초천검을 휘두른 유대웅.

무지막지한 힘과 초천검의 무게가 더해지자 건물은 순식간에 박살이 났다.

사내는 그나마 몸 상태가 양호한 동료들과 힘을 합쳐 무너진 건물에서 적당한 목재들을 한데 엮기 시작했다.

직업은 속이지 못하는 것이라고 평생 수적질을 해온 솜씨가 어디 가는 것은 아닌지라 이각여 만에 장정 열은 충분히 태우고도 남을 뗏목을 물에 띄울 수 있었다.

여전히 흐린 하늘, 때마침 안개까지 호수를 뒤덮어 움직이기엔 더없이 좋은 조건이었다.

하지만 위기가 없던 것은 아니었다.

그 짧은 거리를 움직이면서도 일심맹의 눈과 귀라 할 수 있는 고깃배를 세 번이나 만났는데, 그들의 등장을 미리 눈치챈 유대웅이 은밀히 접근해 그들을 조용히 잠재우지 않았다면 일심맹의 눈을 피할 수가 없었을 것이다.

뭍에 오른 유대웅은 마차를 구하기 위해 동분서주했다.

자정이 훨씬 넘은 시각에 마차를 구한다는 것이 애당초 불가능했기에 결국 객점에서 관리하는 마차를 슬쩍하는 것으로 해결을 보았다. 말과 마차가 있던 자리에 소정의 액수를 놓는 것은 나름의 예의였다.

　탈출자들을 마차에 태운 유대웅은 말이 낼 수 있는 최대한의 속도로 장수호에서 벗어났다.

　마차에 탄 이들의 상태가 가히 좋지 않아 속도를 내기엔 무리가 있었지만 인근 지역을 완벽하게 장악하고 있는 일심맹의 영향력을 생각해 볼 때 밤을 이용해 최소한 관청이 있는 장수현에 도착을 해야 그나마 안심할 수가 있기 때문이었다.

巫山三峡

第十二章
뜻을 세우다

"그러니까 혈사림이 개입한 것이 확실하단 말이네요."

"그게 아니면? 내가 황우 따위에게 패해 뇌옥에 갇혔다고 생각했더냐?"

하룻밤 만에 신색이 확 변한 장우기가 가소롭다는 표정으로 주먹을 움켜쥐었다.

"누구한테 당하신 겁니까?"

"이름은 모른다. 하지만 대단한 고수였어. 네 부친을 제외하고 인근에선 적수가 없다고 생각했는데 오십여 초를 겨우 견뎠으니까."

과거엔 알 길이 없었지만 지금은 장우기가 어느 정도 실력인지를 가늠할 수 있었던 유대웅이 조금 놀랐다는 듯 되물었다.

"그 정도나요?"

"그래. 그런 놈들이 무려 아홉이었어. 일심맹의 맹주를 선출하기 위해 모였던 각 채주들이 모조리 제압당했다. 그 자리에서 목숨을 잃은 이들도 있었지. 추광(秋廣)이 대표적인 사람이다."

"추 숙부가… 그리된 것이군요."

부친과 형제처럼 친하게 지냈던 용선채(龍旋寨) 채주이자 사실상 일심맹의 군사였던 추광을 떠올리는 유대웅의 얼굴이 어두워졌다.

"이후에도 일심맹을 되찾기 위해 많은 움직임이 있었지만 그때마다 혈사림 놈들의 암수 때문에 번번이 실패하고 말았다. 그러다 결국 이 꼴이 되고 만 것이다. 반기를 들던 대부분이 목숨을 잃었고 상당수는 또 권력의 달콤한 맛을 잊지 못해 놈들의 수족으로 기어들어 가기도 하고."

장우기가 입술을 꽉 깨물며 말했다.

"한데 비사도의 경계가 생각보다 허술하더군요."

"처음엔 그러지 않았다. 하나, 시간이 흐르면서 우리를 구하러 올 수 있는 사람이 아무도 없다는 것이 확인되면서 그리된 것이야. 애당초 일심맹의 이목을 숨기고 비사도에 숨어들 수 없다는 자신감 때문이기도 하겠지만."

"하긴, 일심맹이 인근 지역을 꽉 잡고 있는 것을 감안하면 무리도 아니군요. 아무튼 일심맹 때문에 요즘 장강의 물길이 말이 아닙니다."

"일심맹이라기보다는 혈사림 때문일 게다. 매달 놈들이 요구하는 액수가 엄청나다 들었다. 악순환이야. 목숨을 부지하기 위해서라도 황우는 밑에 있는 수하들과 각 채주들을 쥐어짤 수밖에 없고 장강의 물길은 당연히 험해질 수밖에 없는 것이지. 옛날처럼 서로의 자존심을 지키는 선에서 상생하는 모습은 다시는 보기 힘들 게야."

"흠."

유대웅이 미간을 찌푸리며 생각에 잠길 때 그의 모습을 찬찬히 살피던 장우기가 눈빛을 빛내며 물었다.

"그동안 어찌 지낸 것이냐? 내 당시 경황이 없어 너를 그렇게 보냈지만 한시도 생각하지 않은 적이 없다. 게다가 지금 보니……."

"조금 강해진 것 같아 보입니까?"

"조금이 아니라 꽤나 그래 보이는데."

"운이 좋았습니다."

"운?"

"예."

유대웅은 그간 자신이 겪은 이야기를 간략하게 말해주었다. 물론 패왕의 무공에 대해선 철저하게 함구했다.

유대웅의 설명이 끝났을 때, 장우기는 쩍 벌어진 입을 다물지 못했다.

　"허, 네가 화산파의, 아니, 검선의 제자가 되었다니."

　"그러니까 운이 좋았다고 하잖아요. 사실 화산파의 제자라 하기엔 조금 그렇습니다."

　"아니, 왜? 검선의 제자라면… 아!"

　뭔가 느껴지는 것이 있는지 장우기가 말을 잇지 못하고 짧은 탄식을 내뱉자 유대웅이 씁쓸히 웃었다.

　"명색이 도를 닦는다는 그네들도 출신을 꽤나 따지더라고요."

　"그래서 견디지 못하고 하산을 한 게냐?"

　"아니요. 그렇지는 않습니다. 때가 되었으니 내려온 거지요. 사부님께서도 어차피 화산에 머물 위인이 아니라고 하셨고."

　담담히 얘기는 하지만 그 안에 담겨 있는 씁쓸함을 느끼지 못할 장우기가 아니었다.

　"그래, 그래. 좁아터진 화산에서 아등바등하느니 한세상 하고 싶은 것 하면서 멋지게 살아보는 것이지."

　유대웅의 어깨를 두드리며 격려를 한 장우기가 잠시 후 들뜬 표정을 가라앉히고 조용히 물었다.

　"한데 이제 어쩔 셈이냐?"

　"모르겠습니다."

"모르겠다?"

"예. 원래 계획은 장가계로 가는 것이었는데 어쩌다 보니 이곳까지 오게 되었네요. 사실, 워낙 갑작스럽게 하산을 하는 바람에 아무런 생각도 없어요."

"네 나이 이제 열아홉이다. 화산으로 돌아가 도를 닦을 것이 아니라면 지금부터라도 생각을 해야 할 게야. 장부 나이 열아홉이면 뜻을 세우고 웅지를 펼칠 때다."

"그래야지요. 그런데 저는 그렇다 쳐도 대장로님은 이제부터 어찌하실 겁니까?"

"복수를 해야지."

생각할 것도 없다는 듯 장우기의 음성은 단호했다.

"복수요?"

"저놈들에게 잃은 가족과 동료들이 수십이 넘는다. 또한 남들은 별것 아니라고 치부할진 몰라도 지금껏 쌓아 올린 부와 지위, 명예가 한순간에 먼지가 되어 날아가 버렸다. 이 원한을 어찌 잊을꼬."

"가능하겠습니까? 혈사림이 배후라면서요. 솔직히 혈사림이 아니라 일심맹도 감당하기 힘들 것 같은데요."

"어떻게든 해봐야지. 어차피 네 부친과 일심맹을 만들 당시에도 우리가 지닌 것은 아무것도 없었으니까. 그런데 대웅아."

그동안 모진 고초를 겪으며 약해질 대로 약해진 장우기. 하나, 육십이 넘는 나이가 무색할 정도로 형형한 눈빛을 뿜어내는 그가 유대웅의 눈을 직시하며 그를 불렀다.

유대웅은 자신도 모르게 숨을 멈추고 그를 응시했다.

"이 늙은이보다 놈들에게 이를 갈아야 하는 사람은 바로 네가 아닌가 싶구나."

"……"

"일심맹은 한낱 수적들의 연합체가 아니었다. 인근 무림의 뭇 세력들과 어깨를 나란히 하였고 또 그만한 인정을 받았던 곳이야. 네 부친이 그렇게 만든 것이다. 남들이 수적이라 손가락질하는 우리들을 이끌고 평생을 바쳐 이루어낸 업적이란 말이다. 그것을 지키기 위해 스스로 목숨까지 버렸다. 그건 누구보다 네가 더 잘 알지 않느냐?"

"……"

유대웅은 묵묵부답이었다.

"한데 그런 일심맹이 또다시 사람들로부터 손가락질받고 있으며 우리의 자부심이었던 장강의 물길이 온갖 썩은 내로 진동을 하고 있구나. 어찌해야 하느냐? 그냥 지켜만 봐야 하는 것이냐? 아니면 계란으로 바위를 치는 심정으로 놈들과 맞서 싸워야 하는 것이냐?"

잠시 호흡을 가다듬은 장우기가 흔들리는 유대웅의 눈을 바라보며 말을 이었다.

"검선께서 네가 화산에 머물 녀석이 아니라 하셨다는 것은 네게서 뭔가 더 큰 것을 보셨다는 것이고, 우습게 들릴지는 모르지만 난 그 시작이 바로 이곳, 장강이었으면 한다."

"저보고 수적이 되라는 말씀이십니까?"

"단순한 수적 따위가 아니다. 한 푼의 동전을 훔치면 도적 놈이 되는 것이지만 나라를 훔치면 천자가 되는 것이 세상 이치다. 수적이라고 했느냐? 맞다. 지금 당장은 일개 수적에 불과하다. 하지만 일심맹을 되찾고 나아가 장강을 네 손아귀에 넣는다면 누가 감히 일개 수적이라 할 수 있겠느냐? 예로부터 장강을 잡는 자가 천하를 잡는다라고 했다. 네가 장강을 일통만 할 수 있다면 천하에 그 어떤 세력도 함부로 할 수 없을 것이다. 장강일통! 그것이 바로 네 부친의 꿈이었다."

장우기는 흥분으로 얼굴이 벌게질 만큼 열변을 토했지만 유대웅의 마음을 단번에 뒤흔든 것 같지는 않았다.

"잠시만요. 제게 생각할 시간을 좀 주십시오."

"물론이다. 네 미래가 걸린 일인데 한순간의 판단으로 결정할 수는 없겠지. 게다가 누가 뭐라 해도 넌 화산파와 검선의 제자. 이것저것 걸린 것도 많고 행동에 제약이 있을 수밖에 없을 것이다. 잘 생각해 보거라."

그 말을 끝으로 장우기는 유대웅을 홀로 두고 방을 나섰다.

유대웅은 한동안 아무런 말도 하지 못하고 멍한 눈으로 흔들리는 등잔불만을 바라보았다.

"장강일통이라……."

유대웅이 가만히 읊조렸다.

묘한 떨림이 전신을 타고 흘렀고 심장이 조금씩 두근거리기 시작했다.

그건 곧 머리가 아니라 이미 가슴이 그의 운명을 결정했다는 것과 같은 것. 게다가 그날 밤 유대웅의 결심을 굳히게 만드는 결정적인 사건이 발생했으니.

"으악!"

천지만물이 잠든 밤, 적막함을 뒤흔드는 처절한 비명과 함께 유대웅의 몸이 침상을 박차고 일어났다.

의복을 갖춰 입을 여유도 없이 뛰쳐나간 유대웅의 눈앞에서 끔찍한 참상이 벌어지고 있었다.

"놈들이다."

시퍼렇게 날이 선 칼을 든 장우기가 객점 안으로 밀려드는 수적들을 보며 이를 갈았다.

"부상자들 때문에 어쩔 수 없었다지만 너무 안일했어. 놈들과 최대한 멀리 떨어졌어야 했는데."

"설마하니 관청까지 무시할 줄은 생각도 못했습니다."

장우기의 오른팔이자 비사도에서 구사일생한 도걸상(途杰像)이 살기 띤 눈을 부라리며 말했다.

"모양새를 보니 흑수채(黑水寨)와 청호당(靑虎堂) 놈들 같은데 황우가 아주 작심을 했구나."

유대웅이 의미를 묻는 눈빛을 보이자 장우기가 딱딱히 굳은 얼굴로 설명을 했다.

"개개인의 무공은 좀 떨어져도 일심맹에서 잔인하고 흉포하기로 유명한 놈들이다. 네 부친이 있을 때도 많은 문제를 일으켰던 놈들이지. 황우가 맹주가 된 이후엔 아주 제 세상을 만난 것처럼 미쳐 날뛰는 놈들. 우리가 목표라지만 놈들의 잔인성을 생각해 보면 객점에 머무르는 모든 이들의 목숨을 빼앗으려 할 터."

아닌 게 아니라 객점에 난입한 수적들은 남녀노소를 가리지 않고 보이는 모든 사람을 무차별적으로 공격하고 있었다.

"빨리 피해야 합니다!"

도걸상이 몰려드는 적을 바라보며 다급히 외쳤다.

장우기는 움직이지 않았다. 아니, 움직일 수가 없었다.

피해야 한다는 도걸상의 말을 간단히 무시하고 오히려 적을 향해 걷는 유대웅 때문이었다.

"우리 때문에 무고한 사람이 목숨을 잃고 있습니다. 설마하니 이런 상황에서 도망가려는 것은 아니겠죠?"

"하지만 상대가 너무 많다. 후일을 도모하는 것이 꼭 비겁한 것은 아니다."

"아뇨. 그건 변명일 뿐, 비겁한 건 비겁한 겁니다. 결코 용납할 수 없는."

그 말과 함께 그의 손을 떠난 초천검이 젖먹이를 안고 필사적으로 달아나는 여인과 잔인한 살소와 함께 그녀를 노리는 수적 사이를 관통했다.

꽝!

굉음과 함께 벽에 박히는 초천검.

때마침 여인을 향하던 수적의 칼이 초천검과 부딪쳤다.

"으으으."

두 동강 난 칼과 손에서부터 밀려오는 통증에 오만상을 찌푸린 수적이 어느새 다가와 벽에 박힌 초천검의 손잡이를 잡아가는 유대웅에게 소리쳤다.

"웬 놈이냐?"

유대웅은 수적의 반응 따위엔 전혀 신경 쓰지 않고 겁에 질려 있는 여인을 일으켰다.

"걱정하지 말고 방으로 들어가 계세요."

어딘지 모르게 믿음을 주는 말과 웃음에 여인은 눈물을 줄줄 흘리면서도 고개를 끄덕였다.

여인이 방에 들어가는 것을 확인한 유대웅이 모욕감과 더불어 묘한 두려움에 떠는 수적에게 몸을 돌렸다.

"영광인 줄 알아라."

"무슨 개소리……."

사내의 말은 이어지지 않았다.

초천검이 무지막지한 힘으로 그의 옆구리를 후려쳤기 때

문이다.

그는 옆구리에 극통을 느끼며, 순식간에 사라지는 의식 저 너머로 유대웅의 중얼거림을 들을 수 있었다.

"장강일통의 첫걸음. 네가 시작이다."

"이걸… 믿어야 하는 건가?"

장우기는 눈앞에 펼쳐진 광경에 할 말을 잃고 말았다.

육십 평생을 수적으로 살며 신기한 일도 많았고 놀랄 일도 많았지만 지금처럼 전율스런 광경을 본 적은 없었다.

처음엔 오십 명을 훌쩍 넘었으나 이제는 고작 다섯뿐인 흑수채와 청호당의 수적은 공포에 질린 얼굴로 오연히 서 있는 유대웅을 바라보았다. 도망을 치고 싶어도 다리가 후들거리는 듯 움직일 엄두를 내지 못했다.

기세 좋게 미쳐 날뛰던 것이 고작 일각 전, 유대웅은 단 일각 만에 사십 명도 넘는 수적을 그야말로 작살을 내버렸다.

굳이 목숨을 빼앗지는 않았지만 손속에 인정을 두지도 않았다.

일반인은 제대로 들지도 못하는 초천검과 그 검을 나뭇가지 휘두르듯 하는 유대웅의 괴력이 합쳐졌을 때, 그 위력은 가히 상상을 초월할 정도였다.

그와 맞선 수적들 중 이 초 이상을 버틴 자는 손에 꼽을 정도였고 나머지는 단 한 번의 부딪침으로 수중에 든 무기를 잃고 뼈마디가 부서진 채 바닥에 나뒹굴었다.

유대웅이 딱히 어떤 고절한 초식을 발휘한 것도 아니었다.

패왕의 무공은 물론이고 화산파의 무공도 일절 사용하지 않았다.

그저 찌르고 휘둘렀을 뿐이었음에도 그런 신위를 보인 것이다.

유대웅의 무공이 그들과는 애당초 수준이 달랐기에 가능한 것이기도 했지만 엄밀히 말해 수적들의 실력이 딱 그 정도에 불과하다는 것을 역설적으로 보여주는 것이기도 했다.

그나마 유대웅과 공방을 주고받은 사람은 흑수채의 삼인자 이괴(李魁)와 청호당의 부당주 구완서(丘完瑞) 정도였지만 이괴는 단 오 초식 만에 어깨뼈가 완전히 박살나는 부상을 당했고, 구완서 역시 양다리가 부러지고 바닥을 기어야 하는 굴욕을 맛보았다.

흑수채와 청호당이 급습을 했을 때만 해도 아비규환으로 변했던 객점은 이미 한 편의 활극에 흠뻑 빠져 있었다.

목숨을 구하기 위해 도주하거나 몸을 숨겼던 이들이 하나둘 모습을 드러내며 유대웅의 활약에 연신 탄성과 환호성을 보냈다.

많은 이들의 응원에 힘입어(?) 완벽하게 수적들을 제압한 유대웅이 초천검을 어깨에 턱 걸친 채 덤비지도, 그렇다고 도주도 하지 못한 자세로 떨고 있는 수적들을 향해 걸어갔다.

"더 해볼까?"

수적들이 필사적으로 고개를 흔들었다.

"알았으면 그만 가라."

유대웅이 새를 쫓듯 손을 휘휘 내저었다.

잠시 어찌할 바를 몰라 하며 눈치를 보던 수적들은 유대웅이 눈을 부라리자 화들짝 놀라며 미친 듯이 도망치기 시작했다.

순간, 객점에 천하가 떠나갈 정도로 큰 환호성이 터져 나왔다.

그것이 자신을 향한 것임을 알기에, 그러나 어딘지 모르게 쑥스러움을 감추지 못한 유대웅이 얼굴을 붉히자 장우기가 곁으로 다가와 물었다.

"한데 어째서 그놈들을 그냥 보내준 것이냐?"

"어리잖습니까. 애들이던데요."

"아."

그제야 도망친 수적들이 하나같이 앳되다는 것을 기억한 장우기가 피식 웃음을 터뜨리고 말았다.

"어린놈도 수적은 수적이다. 그놈들의 칼에도 사람은 죽어."

"사람을 해쳤으면 그냥 보내지 않았을 겁니다."

장우기가 무슨 의미냐며 턱짓을 하자 유대웅이 굴러다니

는 수적의 칼 하나를 발로 툭 건드렸다.

"칼에 핏자국이 묻어 있는 놈들은 웬만해선 다시 칼을 잡지 못할 겁니다. 조금 심하게 다루었거든요."

"아하!"

아닌 게 아니라 피 묻은 칼의 주인으로 보이는 수적의 몸 상태를 보니 두 어깨가 완전히 짓뭉개진 것이 칼은커녕 완전히 병신이 돼버렸다.

"전 칼을 든 자들의 싸움이라면야 모를까 무고한 사람들을 해치는 인간들까지 봐줄 만큼 착하진 않습니다. 그나저나 좀 쉬어야겠네요. 이것도 싸움이라고 조금 피곤한 것 같기도 하고. 잠을 못 자서 그런가."

유대웅이 전혀 피곤해 보이지 않는 얼굴로 기지개를 켜더니 머물던 객실로 돌아갔다.

그렇게 한동안 인구에 회자가 되는 객점의 혈투는 끝이 났다.

＊　　　＊　　　＊

"이런 병신새끼! 그걸 지금 보고라고 하는 거냐?"

쨍그랑!

허공을 가른 술잔이 보고를 올리는 사내의 이마를 때리고 바닥에 떨어져 산산조각이 났다. 이마에서 피가 흘렀지만 사내는 미동도 하지 않았다. 괜스레 반응을 보였다가 어떤 치도 곤을 당할지 뻔히 알기 때문이었다.

"앞마당에 묶어놓은 놈들이 도망친 것도 짜증나 죽겠는데다 죽어 병신이 된 놈들 몇 놈을 잡지 못해서 그런 개망신을 당해?"

막 유대웅 일행을 쫓던 흑수채와 청호당이 오히려 반병신이 되어 모조리 관아에 압송되었다는 보고를 접한 일심맹 맹주 황우의 분노는 하늘을 찔렀다.

"흑수채의 채주는 연락됐어?"

황우의 물음에 전령 대신 무령채에서부터 그를 보좌하던 금완(金緩)이 대답했다.

"소식을 접한 뒤 즉시 장수현으로 달려간 것으로 압니다."

"멍청한 새끼. 이제야 그곳으로 달려가면 뭘 해. 당장 도주로부터 파악해야지. 청호당주는?"

"지난번에 다친 부상 때문에 거동하기 힘들다는 건 맹주님도 아시잖습니까?"

"지랄한다."

벼락같이 화를 낸 황우가 갑자기 눈빛을 빛냈다.

"부당주라는 놈도 관아에 잡혀갔다고?"

"예."

"잘됐네. 이참에 아예 청호당을 없애 버려야겠어."

"예?"

금완이 눈을 동그랗게 떴다.

"뭘 놀라? 당주가 부상으로 골골거리고 부당주가 병신이 되어 관에 끌려갔으면 이미 끝장난 것이나 다름없는데."

"어차피 일심맹 소속입니다. 굳이……."

"소속이라곤 하지만 흑수채처럼 내 발을 핥을 놈들도 아니잖아. 근래 들어 반발도 자주 하고. 그렇잖아도 요즘 자꾸 고개를 쳐드는 놈들도 있으니 본때를 보여주는 것도 괜찮을 것 같다. 알아서 작업을 해봐."

그동안의 경험상 이쯤 되면 어떤 말로도 되돌릴 수 없다는 걸 알기에 금완은 고개를 끄덕일 수밖에 없었다.

"알겠습니다. 한데 비사도를 탈출한 이들은 어찌할까요?"

"어찌하긴 모조리 잡아 죽여야지."

"하지만 그 정체불명의 괴물 말입니다. 단신으로 흑수채와 청호당을 그리 만들 정도면 상당한 고수라고 봐야 합니다."

"밑에 놈들 아껴서 뭐하게? 그냥 숫자로 밀어버리면 돼. 그게 힘들면 최소한 장우기 그 늙은이만이라도 반드시 끝장을 내야 돼. 그 늙은이가 어떤 존재인지 잘 알잖아."

"예."

최소한 사천의 물길에서 그만큼 존경받는 인물도 없다라는 말이 턱밑까지 치고 올라왔지만 그런 말을 입 밖으로 내뱉을 만큼 금완은 어리석지 않았다. 그리고 그가 지금 모시는 사람은 다른 누구도 아니고 황우였다.

"이럴 줄 알았으면 비사도에서 그냥 죽여 버리는 건데. 참, 군사는 아직 출발하지 않았나?"

"예. 지난밤의 소식을 듣고 일정을 멈춘 모양입니다."

"굳이 움직일 필요는 없으니까 예정대로 떠나라고 해. 지금 당장은 혈사림과의 관계가 중요하니까."

"그래도 혹시 모르니까 간단히 상의는 해볼 생각입니다."

"원하는 대로 해. 그 늙은이가 숨자고 하면 찾기가 힘드니까 빨리 움직여야 할 거야. 대부분 제거가 되었지만 그래도 알게 모르게 도와줄 버러지들이 많거든."

"알겠습니다."

금완이 살짝 한숨을 내쉬며 일어나자 황우가 지나가는 말로 슬쩍 한마디를 던졌다.

"정 마음에 걸리면 저쪽에 한번 부탁을 넣어봐. 괴물 같은 놈이 있다며?"

순간, 금완의 안색이 확 일그러졌다.

"그렇잖아도 군사가 떠나기 전에 저들의 요구가 너무 지나쳐 어찌 협상을 해야 할지 곤란하다고 했습니다. 이런 상황에서 또 힘을 빌린다면……."

"알았어, 알았어. 그러니까 내가 이런 말 하지 않도록 알아서 잘해봐. 잘만하면 그놈들 힘을 빌릴 이유가 없잖아. 나도 싫다고."

드물게 정색을 하는 금완의 태도에 황우는 짜증난다는 듯 손을 흔들고는 자리를 박찼다.

나체나 다름없는 시비들의 시중을 받으며 침실로 향하는 황우를 보며 금완은 한참이나 움직일 줄 몰랐다.

$$*\qquad*\qquad*$$

"무슨 생각을 그리하느냐?"

장우기가 뱃머리에 앉아 깊은 생각에 잠겨 있는 유대웅의 어깨를 가만히 짚었다.

"결정을 후회하느냐?"

"아니요. 제가 이래 봬도 한 번 내린 결정을 후회하는 놈은 아닙니다."

"그럼 왜?"

"그냥요. 사부님과 화산파가 조금 걸려서요."

"그렇지. 쉬운 문제는 아닐 게다."

검선의 제자라는 이름이 가지는 무게감과 더불어 화산파의 제자라는 신분은 유대웅에게 상당한 부담일 수밖에 없었다.

"뭐, 여차하면 귀면탈이라도 하나 뒤집어쓰면 되지 않겠습니까?"

실없이 웃은 유대웅이 벌떡 일어났다.

"그나저나 이 배 꽤나 빠른데요. 규모도 작지 않은데 웬만한 쾌속선은 저리 가라겠어요."

"그럴 수밖에. 장강의 물길에서 가장 빠른 배로 손꼽히니까."

"그랬나요? 그건 몰랐네요."

지난밤, 객점에서 난동을 부린 수적들이 관부에 압송되는 사이 그들이 타고 온 흑선(黑船)을 접수한 유대웅은 꽤나 만족한 표정을 지었다.

"어차피 이 바닥이 다 그런 거야. 먼저 차지하는 놈이 임자야. 그런 점에서 흑선을 얻었다는 것은 좋은 징조다. 시작이 좋아."

"이런 배가 또 있습니까?"

"아니, 인근에서 이렇게 빠른 배는 오직 요놈뿐이야."

"그 또한 마음에 드는군요. 아참, 그런데 저들은 어찌할까요?"

유대웅이 갑판 맨 아래에서 죄수처럼 갇혀 노를 젓고 있는 이들을 상기하며 물었다.

"글쎄, 지금 당장은 뭐라 말을 할 수가 없구나. 대다수가 흑수채에서 강제로 부리는 사람들인지라 그들이 원하는 대로 해주는 것이 맞기는 하지만 배를 부리려면 그들의 힘이 필요하니."

장우기가 머뭇거리자 유대웅이 곧바로 결정을 내렸다.

"일단 우리가 원하는 곳까지 가고 이후엔 그들의 선택에 맡기죠."

"배를 못 움직이면……."

"상관없습니다. 어떻게든 되겠지요."

"허!"

씨익 웃는 유대웅의 미소를 보며 장우기는 고개를 흔들었다.

비사도에서도 느낀 것이지만 꽤나 대책없는 위인이란 생각이 든 것이다.

"아무튼 일단 가고 보자고요, 우리의 꿈이 숨 쉬고 있는 곳으로!"

유대웅이 초천검을 흔들며 소리쳤다.

때마침 불어온 순풍에 흑선은 날개라도 단 듯 엄청난 속도로 나아갔다.

흑선은 별다른 방해를 받지 않고 목표인 대녕하(大寧河)에 무사히 도착을 할 수 있었다.

대녕하는 장강의 한 지류로써 장강삼협 중 무협과 연결이 되는데, 초입에서부터 용문협(龍門峽), 파무협(巴霧峽), 적취협(滴翠峽)으로 구성된다. 총 길이 백이십여 리에 마치 장강삼협의 경치를 축소시켜 놓은 듯하다고 하여 무산삼협(巫山三峽), 달리 소삼협(小三峽)이라 불리기도 한다.

과거 유대웅의 부친 유섬강은 용문협의 조그만 수채에서

몸을 일으켜 일심맹을 만들어냈다. 말하자면 용문협이 속한 대녕하는 유대웅에겐 고향과 같은 곳이자 새로운 시작을 할 수 있는 가장 좋은 터전이라 말할 수 있었다.

하지만 순항은 거기까지였다.

흑선이 무산삼협 초입에 도착을 하자 유대웅은 스스로의 다짐대로 흑선에서 노를 젓는 이들에게 선택권을 주었다.

삼십 명이 넘는 노꾼 중에서 대다수가 자유를 찾아 떠났고 스스로 흑선에 남은 사람은 고작 여섯 명에 불과했다.

흑선이 비록 큰 배는 아니지만 그래도 이인 일조가 되어 젓는 좌우 노가 각 여덟 개씩 달린 터라 남은 여섯 명으로 노를 젓는다는 것은 사실상 불가능했다.

비사도에서 탈출한 인원까지 함께 매달려 노를 저었고 열심히 돛을 움직여 가며 바람을 타보려 했지만 흑선은 좀처럼 나아가지 않았다. 더구나 용문협에 들어서기가 무섭게 물살이 빨라지는 바람에 상황은 더욱 악화되고 말았다.

"이제 어찌할 테냐?"

처음으로 보여주는 장우기의 짜증 섞인 모습에 유대웅은 조금 당황하는 표정을 지었으나 그것도 잠시, 이내 호탕한 웃음을 지었다.

"하하, 어쩌긴요. 일단 배를 정박하고 제대로 움직일 수 있는 인원이 확보될 때까지 최대한 잘 숨겨야지요."

"이……."

뭐라 쏘아붙이려던 장우기는 곧 체념한 표정으로 고개를 흔들었다.

"내가 말을 말아야지. 걸상아."

"예, 장로님."

장우기와 마찬가지로 황망한 표정으로 서 있던 도걸상이 얼른 대답을 했다.

"상황이 어떠냐?"

"심각합니다. 가면 갈수록 물살이 빨라집니다. 지금까지는 어찌어찌 버텼지만 더 이상은 무립니다. 빨리 정박할 곳을 찾아야 합니다."

"딱히 할 곳이 없으니 문제지. 놈들이 언제 쫓아올지 모르는데 걱정이구나. 그렇다고 강변에 아무렇게나 댈 수도 없고."

장우기와 도걸상이 뾰족한 해법을 찾지 못하고 고심할 즈음 잠시 강물을 바라보던 유대웅이 물었다.

"근처에서 가장 가까운 수채가 어딥니까?"

"가장 가까운 수채라면… 청정채(淸淨寨)가 있습니다."

도걸상의 대답에 수적의 소굴치고는 이름이 참 고상하다는 생각에 살짝 웃음을 터뜨린 유대웅이 다시 물었다.

"이곳에서 얼마나 가야 되죠? 그 청정채라는 곳."

"오 리 정도는 더 가야 됩니다."

"배를 정박할 곳은 있겠지요?"

"잘 모르겠습니다. 워낙 오래전 기억이라. 배를 지니고 있는지조차 기억하지 못하겠습니다."

"어쨌든 일단 가보죠. 밑에 내려가서 힘은 들겠지만 어떻게든지 버텨보라고 하십시오."

유대웅은 영 내켜하지 않는 도걸상의 등을 떠밀다시피 하여 그를 선체 아래로 내려보냈다. 그리곤 장우기를 향해 계면쩍은 웃음을 흘렸다.

"아무래도 힘들겠지요?"

"절대 불가능하지. 저 인원으로 여기까지 움직인 것만도 기적이야."

"흠, 상황이 이리된 이상 어쩔 수 없군요. 청정채라는 곳, 물길 따라 올라가면 보인다고 했던가요?"

"그렇지. 한데 그건 왜?"

"그냥요. 정확히 어디쯤에 있습니까?"

"내 기억이 틀리지 않는다면 강변을 따라 쭈욱 북상하면 왼편에 촛대처럼 생긴 바위가 하나 멀리 보였는데 대충 그 근방 어딘가에 있었던 것 같다."

"촛대바위라… 알았습니다."

유대웅이 난데없이 갑판의 난간으로 다가가자 장우기가 무슨 일인가 싶어 달려왔다.

"뭐, 뭐하려고?"

"노꾼 좀 구해오려구요."

짧은 대답과 함께 물에 뛰어든 유대웅은 큰 덩치에 어울리지 않는 날랜 수영 솜씨를 보여주며 뭍으로 나아갔다.

빠른 속도로 헤엄쳐 뭍으로 오르고 절정의 암향표를 이용해 단숨에 촛대바위에 도착한 유대웅이 청정채의 흔적을 찾기 시작했다.

하나, 그의 눈에 잡힌 것은 이미 폐허로 변해 버린 건물의 잔해뿐이고 청정채와 연관 지을 수 있는 것은 아무것도 없었다.

"아예 사라진 건가?"

매해 수십 개가 넘는 수채가 세워졌다가 사라지는 것이 장강의 물길. 청정채처럼 규모가 작은 곳이 살아남기란 꽤나 요원한 일이었다.

"일났군. 큰소리를 치기는 쳤는데 상황이 이 지경이면."

유대웅의 얼굴에 실망의 기운이 드러났다.

자칫하면 애써 구한 흑선을 포기해야 하는 상황도 발생할 수가 있기 때문이었다.

바로 그때였다.

청정채의 흔적을 찾는 것을 포기하고 돌아가려는 찰나, 운 좋게도 산속으로 이어지는 소로(小路) 하나를 발견할 수 있었다.

제대로 집중하지 않고 보면 동물의 이동 통로로 의심하기 딱 좋을 정도로 흔적이 미미했지만, 쓰러진 풀의 각도와 눌림은 사람이 남긴 것이 틀림없었다.

그것이 청정채의 흔적이든 아니든 뭔가 변수가 생겼다는 마음에 쾌재를 부른 유대웅이 길을 따라 움직였다.

험한 곳만으로 구불구불 이어진 길은 강변에서 대략 백오십여 장 떨어진 곳으로 유대웅을 안내했다.

"이곳이군."

유대웅은 눈앞에 확 트인 조그만 분지와 그곳에 세워진 세 채의 목조건물을 보고 그곳이 바로 청정채의 근거지임을 확신했다.

마치 고향에라도 돌아온 듯 느긋한 발걸음으로 다가가는 유대웅. 어찌나 자연스러운지 나무 그늘에 앉아 휴식을 취하고 있던 사람들은 한참 동안이나 그의 존재를 인식하지 못했다. 몇몇은 손을 흔들기까지 했다.

그들이 뭔가 이상하다는 것을 눈치챘을 땐 유대웅은 이미 청정채 깊숙이 들어온 상태였다.

"웨, 웬 놈이냐?"

상의를 벗어젖힌 채 대나무 자리에 누워 술병과 함께 뒹굴던 수적들이 화들짝 놀라며 자리를 박차고 일어났다.

유대웅은 대답 대신 살짝 손을 들어주고는 걸음걸이를 더욱 빨리했다.

"치, 침입자다!"

"잡아!"

빈틈이 많고 허술해 보여도 명색이 수적들의 소굴이었다.

언제 바닥에 뒹굴었냐는 듯 무기를 꼬나 들고 유대웅을 포위한 수적들의 얼굴엔 날카로운 살기가 깃들어 있었다.

그제야 걸음을 멈춘 유대웅이 어깨에 걸친 초천검을 까딱거리며 물었다.

"여기가 청정채요?"

"네놈은 누구냐?"

유대웅을 포위한 이들 중 제법 노련해 보이는 사내, 뇌초(雷硝)가 쫙 째진 눈을 더욱 옆으로 째며 되물었다.

"내가 먼저 물었는데."

"누구냐고 물었다."

"유대웅. 이제 그쪽이 대답을 할 차례인데. 여기가 청정채 맞소?"

유대웅의 여유로운 태도에 알 수 없는 불안감을 느낀 뇌초가 침을 꿀꺽 삼키며 대답을 하려는 찰나, 뒤에서 차가운 음성이 터져 나왔다.

"맞다. 여기가 바로 청정채다."

유대웅이 천천히 몸을 돌렸다.

나이는 대략 삼십 전후, 딱 벌어진 어깨며 다부진 턱 선에 수적답지 않게 미끈하게 생긴 얼굴, 균형 잡힌 몸매, 잘 다듬어진 근육을 지닌 사내가 그를 향해 다가오고 있었다.

가벼우면서도 날랜 걸음, 게다가 전신에서 조금씩 느껴지

는 기세에 유대웅은 그가 상당한 무공을 지니고 있음을 눈치
챌 수 있었다.

"유대웅이라고 했나? 그런 이름을 들어본 적이 없는데. 어
디 소속이지?"

사내는 유대웅을 자신들과 동류의 사람들로 단정 지었
다.

"딱히 소속은 없소. 이제 시작이라."

자신을 포함하여 이십여 명도 넘는 인원에 둘러싸여 있음
에도 좀처럼 여유를 잃지 않는 유대웅의 태도에 사내의 미간
이 절로 찌푸려졌다.

"무슨 일로 우리를 찾아온 것인가?"

"청정채를 얻으려고 왔소."

순간, 곳곳에서 거친 욕설이 터져 나왔다.

"미친!"

"당장 쳐 죽입시다!"

오직 청정채의 채주 조건(趙腱)만이 차갑게 가라앉은 눈으
로 마주할 뿐이었다.

"홀로 찾아와 그런 말을 하는 것을 보니 실력에 자신이 있
는 모양이군. 대단한 자신감이야."

"그거야 생각하기 나름이고."

"우리 모두를 굴복시킬 자신이 있단 말인가?"

조건의 물음에 유대웅이 자신을 포위하고 있는 청정채의

수적들을 빙 둘러보았다. 그리곤 그다지 대수로울 것 없다는 표정으로 대답했다.

"머릿수가 많다고 꼭 유리한 것은 아니오."

"……."

조건은 밑도 끝도 없는 유대웅의 자신감에 뭐라 대꾸할 말을 찾지 못했다.

수하들은 멱을 따느니, 껍질을 벗기느니 하며 떠들어대지만 그는 알고 있었다. 눈앞의 상대가 그런 저급한 몇 마디 위협에 두려워할 자도 아니고 그의 말대로 싸움은 머릿수로 하는 것이 아니라는 것을 뼈저리게 가르쳐 줄 능력이 충분히 되는 인물이라는 것을.

"혹, 일심맹에서 온 것인가?"

조건이 살짝 떨리는 음성으로 물었다.

인근에서 이만한 존재감을 느끼게 만드는 인물을 부릴 수 있는 곳은 오직 일심맹과 그 뒤에 버티고 있는 혈사림뿐이기 때문이었다.

"설마. 그자들은 내가 때려잡을 놈들이고."

간단히 대꾸한 유대웅이 품을 뒤지자 깜짝 놀란 조건이 한 걸음 물러났다.

그를 보며 피식 웃은 유대웅이 품에서 꺼낸 봉투를 흔들었다.

조건의 고갯짓에 한 수적이 유대웅이 건넨 봉투를 그에게 전했다.

"이게 무엇인……."

봉투를 살피던 조건의 눈썹이 꿈틀거렸다.

"황… 룡첩. 지금 그대가 건넨 것이 황룡첩(黃龍帖)이 맞는가?"

"맞소. 조금 걱정했는데 알아보는구려."

"음."

조건의 입에서 짧은 신음이 흘러나왔다.

황룡첩.

황룡첩이 무림에 처음 등장한 것은 정확하게 백팔십 년 전, 황하에 백위건(白衛建)이라는 위대한 영웅이 등장하면서부터였다.

나이 오십에 황하를 일통하고 황하련(黃河聯)을 만든 백위건은 당시 황하의 물길 곳곳에 자리 잡고 있는 수채들을 접수할 때마다 하나의 비무첩을 보냈다.

승천하는 황룡이 칼을 입에 문, 훗날 사람들이 황룡첩이라 명명한 비무첩은 이후 백위건의 상징처럼 사용되었다.

백위건으로부터 황룡첩을 받아 든 수채는 두 가지 방법 중하나를 선택할 수 있었다.

우선 백위건과 비무를 하는 것이 있었다.

비무에서 패한 수채는 백위건의 휘하로 흡수가 되는데 이때 모든 선택권은 백위건이 아닌 패한 수채들의 수적들에게 있다는 것이 독특했다.

비무에 패한 수채의 수적들은 백위건의 수하가 될 수도 있었고 그것이 싫으면 수채를 떠나면 그만이었다. 물론 백위건이 패했을 경우에도 조건은 같았다.

백위건은 자신을 거부하고 수채를 떠난 그 누구에게도 아무런 위해를 가하지 않았다.

다른 하나는 아예 황룡첩을 인정하지 않는 것이었다.

황룡첩을 받아들이지 않은 수채는 이후 백위건과 그가 이끄는 세력의 무차별적인 공격을 감당해야 했고, 싸움에서 패배하면 자비는 없었다. 그들 대다수가 목숨을 잃거나 자유가 속박된 채 노꾼으로 전락하는 것이었다.

물론 선제공격을 펼친 수채도 부지기수였고 황룡첩을 인정하고도 비무 전에 은밀히 암습한 자들도 많았지만 그들은 오히려 더욱 처절한 보복을 당하고 말았다.

황룡첩이 처음 등장했을 땐 이를 무시하는 사람들이 대다수였지만 어느 정도 시간이 흐르자 모두들 황룡첩을 순순히 받아들이게 되었으며, 백위건은 많은 피를 흘리지 않고도 황하를 일통하는 위업을 이루었다.

시간이 흘러, 장강에도 백위건을 흉내 내는 많은 인물들이 나타났다.

그들 중에는 영웅도 있었고 효웅(梟雄)도 있었으며 간웅(奸雄)도 있었다. 하나, 그 누구도 백위건과 같은 압도적인 실력이 없었기에 별다른 화제가 되지는 못했다.

그나마 인구에 회자된 사람이 바로 유대웅의 부친 유섬강으로 일심맹 초기, 그는 몇 번의 황룡첩을 통한 비무의 승리로 상당한 세력을 흡수할 수 있었다.

한데 유섬강 이후 다시는 찾아보기 힘들었던 황룡첩이 그의 후예를 통해 다시금 세상에 등장한 것이었다.

"받아들이겠소?"

유대웅이 착 가라앉은 음성으로 물었다.

사내가 고개를 돌려 영문을 몰라 하는 수하들을 둘러보다가 주먹을 꽉 움켜쥐었다.

황룡첩을 받아 든 지금 어차피 선택의 여지는 없었다.

"받아들이지 않으면?"

"그건 알아서 판단을 하면 될 것이고."

"……"

잠시 갈등에 빠졌던 사내는 유대웅의 어깨에 걸친 초천검과 그의 자신만만한 태도에 지그시 입술을 깨물며 고개를 끄덕였다.

"받아들이겠다."

"현명한 선택. 반 시진 후 다시 오겠소."

간단히 통보를 한 유대웅이 예의 그 느긋한 걸음걸이로 청정채로부터 멀어졌다.

"어째서 저놈을 그냥 보내는 겁니까?"

"이곳이 노출돼서 좋을 것 없잖습니까? 빨리 쫓아가 후환을 없애야 합니다."

명에 의해 포위망을 푼 수적들이 불만 어린 얼굴로 그 이유를 물었다.

조건이 황룡첩을 집어 던졌다.

"닥쳐. 이걸 받아 든 이상 우리에겐 선택의 여지가 없단 말이다."

"그게 뭐기에……."

조건의 반응에 움찔 놀란 수하들이 그가 던진 황룡첩을 집어 들었다.

"이, 이건……."

조금 전, 유대웅과 가장 먼저 맞섰던 뇌초가 놀란 눈을 부릅뜨자 답답함을 참지 못한 동료 수적들이 그를 닦달했다.

"아, 진짜. 답답해 죽겠네."

"그게 뭡니까, 형님."

"시끄러!"

버럭 소리를 지른 뇌초가 조건에게 물었다.

"어찌할 생각입니까, 채주?"

"받아들이는 것 봤잖아."

"차라리 조금 전에 그냥……."

"할 수 있으면 했지. 하지만 그럴 수가 없었다."

"그 정도였습니까?"

질문을 던지는 뇌초의 음성이 살짝 떨렸다.

청정채가 비록 어디에 내세울 만한 수채는 아니었지만 그래도 채주 조건은 그 어떤 수채를 가더라도 한자리 차지할 수 있을 정도로 상당한 무공을 지니고 있었다.

그런 조건이 고개를 흔들었다는 것은 무례하기 그지없던 유대웅의 무위가 청정채 전부가 달려들어도 감당키 힘들 만큼 고강하다는 것을 의미했다.

"반 시진 후라고 했지?"

"예."

"다들 모이라고 해. 밖에 나간 녀석들까지 하나도 빠짐없이."

명을 내리는 조건의 음성은 어딘지 모르게 비장했다.

"헉헉!"

조건의 입에선 연신 격한 숨이 흘러나왔다.

이마를 타고 흐르는 굵은 땀방울과 찢어진 옷, 옷에 달라붙은 먼지들이 그가 지금 처해 있는 상황을 보여주고 있었다.

그에 반해 조금 떨어져서 그를 바라보고 있는 유대웅은 여유가 있었다.

호흡도 편했고 딱히 피곤해하는 기색도 없었다.

그럴 만도 한 것이, 비무가 시작된 지 일각이 지나도록 유대웅은 단 한 번도 수세에 몰린 적이 없었다.

조건이 공세를 펼친 것은 비무가 시작되던 그 순간뿐, 이후 유대웅의 역공에 제대로 반격도 해보지 못하고 지금껏 겨우겨우 버텼을 뿐이었다.

그나마도 유대웅이 손속에 사정을 두고 있어서 그런 것이지, 만약 그가 마음을 달리 먹으면 싸움은 애당초 끝났을 터였다. 그리고 그건 누구보다 조건 자신이 더 잘 알고 있었다.

'더 이상 싸워봤자 이길 수 없는 상대다. 오히려 지금껏 배려해 준 상대의 호의에 대해 구차함만 더해갈 뿐.'

조건은 처음 공방이 시작될 때부터, 아니, 황룡첩을 받는 순간 이미 유대웅의 무위가 자신이 측량하기 힘든 수준이라는 것을 알고 있었다.

"더 해보겠소?"

유대웅이 물었다.

조건은 쓴웃음을 지으며 고개를 흔들었다.

"애당초 끝난 싸움. 끌어봤자 나만 비참해질 뿐이지. 패배를 인정하겠소."

생각보다 조금 빠른 포기에 유대웅의 눈빛에 의아함이 깃들었다.

"청정채는 어떤 결정을 내렸소?"

유대웅의 물음에 조건이 다소 회한 어린 표정과 함께 한숨을 내쉬었다.

그것도 잠시, 이내 무심한 얼굴로 돌아와 유대웅과 수하들의 눈을 직시하며 대답했다.

"오늘 이 시간 이후로 청정채는 존재하지 않소. 그리고 서른일곱 식구 중 나를 포함한 스물아홉이 비무의 결과에 의해 그대를 따르기로 결정했소."

"스물아홉이라… 나쁘지 않군."

"나머지 식솔들은……."

"걱정하지 마시오. 원하지 않는 자를 휘하에 둘 생각은 없으니."

간단히 정리한 유대웅이 아직은 어색한 표정으로 자신을 바라보는 청정채 수적들에게 멋쩍은 미소를 흘렸다.

"아직 정식 명칭이 없어 어디 소속이라고 말해줄 순 없지만 그래도 약속 하나를 하자면 오늘의 결정을 결코 후회하게 만들지는 않을 것임을, 먼 훗날 술잔을 기울이며 현명한 판단이었음을 자랑스럽게 여기도록 만들어주겠소."

유대웅의 말이 끝나기가 무섭게 조건이 무릎을 꿇었다.

"채주를 뵙습니다."

동시에 스물여덟 명이 무릎을 꿇으며 소리쳤다.

"채주를 뵙습니다!"

쩌렁쩌렁 울리는 함성에 유대웅은 머리에서부터 발끝까지 찌르르 퍼져 나가는 묘한 울림에 깊은 감동을 받았다.

그 감동을 만끽하기도 전, 그는 새로운 수하들을 거느린 채 주로서 첫 번째 명을 내려야 했다.

"우리 좀 구해줘야겠다."

第十三章
도주(逃走)

"대체 무슨 방법을 쓴 게냐?"

"뭐가요?"

"뭔 수로 그 짧은 시간에 청정채를 꿀꺽했느냔 말이야. 다들 멀쩡한 것을 보니 힘으로 굴복시킨 것은 아닌 것 같고."

"제가 덩치는 이래도 아무 때나 힘을 쓰지는 않습니다."

"그러니까, 무슨 수를 썼냐고?"

장우기는 홀로 배에서 내렸던 유대웅이 얼마 되지도 않아 청정채의 식구들을 모조리 데리고 나타나자 놀라지 않을 수 없었다. 비록 타고 온 배가 조그만 나룻배 수준이라 흑선을 직접 끌 수는 없었지만 그들 모두가 흑선에 올라 노를 잡으니 좀처럼 나아가지 않던 흑선이 천천히 이동하기 시작했다.

내심 불안한 마음으로 유대웅을 기다렸던 장우기는 최상으로 일이 풀리자 얼굴 가득 기쁜 표정을 지우지 못하고 있었다.

장우기의 집요한 추궁에 조건이 웃음으로 일관하자 유대웅은 어쩔 수 없다는 듯 품에서 황룡첩을 꺼내 들었다.

"어차피 아시게 될 테니까 미리 말씀드리지요. 이걸 전했습니다."

"이, 이건!"

장우기 또한 황룡첩을 익히 아는지라 깜짝 놀란 얼굴로 유대웅을 바라보았다.

"아버지께서도 황룡첩을 사용하시지 않았습니까?"

"그랬지. 노부가 증인이기도 하고."

"일단 시작은 그렇게 해보려고 합니다. 잘만 되면 많은 피를 보지 않아 좋기도 하고요."

"하나, 분명 한계가 있다. 물길의 질서는 이미 깨진 지 오래. 수적들 사이에서 지켜오던 의리와 명예는 굴러다니는 개똥보다 못한 것이 되었어. 웬만한 놈들은 어떤 식으로든 뒤통수를 치려 할 게다. 무엇보다 네 실력이 확실하지 않으면 오히려 최악의 상황까지 만들어져."

"그런 일은 없어야지요. 어차피 끝까지 그런 식으로 갈 생각도 없으니까요."

유대웅의 말에도 장우기는 그다지 내켜하지 않는 표정이었다.

"그나저나 식구도 늘어나고 이쯤에서 정식으로 이름을 하나 지어야겠습니다."

"생각해 둔 것이 있느냐?"

"솔직히 딱히 이거다 하는 이름은 없습니다."

"흠, 그래? 하면 이건 어떠냐?"

"좋은 거라도 있습니까?"

유대웅이 반색을 하며 물었다.

"거웅채(巨熊寨). 너와 잘 어울리는 이름인 듯해서 계속 생각했었다."

정말 고민고민해서 고른 이름이라는 듯 장우기는 그렇게 진지할 수가 없었다.

잠시 그를 바라보던 유대웅이 고개를 흔들며 말했다.

"그냥 와호채(臥虎寨)로 하죠."

"와호채? 나쁘지 않은데. 이유를 물어봐도 되겠느냐?"

일단 되는대로 내뱉기는 했지만 유대웅은 장우기와 도걸상의 시선이 자신을 향하자 약간은 어색한 미소를 지었다.

일전에 한 주루의 점소이에게 들었던 와룡숙 이야기가 큰 영향을 끼쳤다고 차마 말을 할 수가 없었기 때문이다.

"지금 당장은 힘이 없고 보잘것없이 웅크리고 있지만 언젠가 우리가 몸을 일으킬 땐 산천초목을 뒤흔들자는 의미로 그리 지었습니다."

"좋군, 아주 좋아."

대충 둘러댄 말에 장우기와 도걸상은 물론이고 조건 또한 상당히 마음에 든다는 표정이었다.

물론 과연 그리될 수 있을까 하는 의구심은 마음속으로 품고 있을지 몰라도 지금 당장은 유대웅이 보여주는 호기에 어느 정도 감화된 상태였다.

"그나저나 조금 전에 내가 부탁한 것 준비가 되었나?"

장우기가 조건에게 물었다.

"예. 자세하지는 않지만 그런대로 쓸 만할 겁니다."

"그 정도면 충분하지."

장우기가 고개를 끄덕이자 조건이 탁자 위에 낙서가 잔뜩 되어 있는 천을 쫙 깔았다.

단순히 낙서로 보였던 것은 무협과 무산삼협의 물길, 그리고 그 주변에 대한 대략적인 지형을 묘사한 그림이었다. 특히 무산삼협을 장악하고 있는 수채들의 위치가 표시되어 있어 장차 큰 도움이 될 듯싶었다.

가만히 지도를 살피던 장우기가 흡족한 표정으로 고개를 끄덕였다.

"생각보다 더욱 훌륭하군. 놀라워."

장우기는 그저 조그만 수채의 우두머리로만 여겼던 조건을 새삼스런 눈길로 바라보았다.

"그런데 수채가 생각보다 많이 줄었군. 내가 일심맹에 있을 때만 해도 무협에만 크고 작은 수채가 대략 열서넛은 되었는데. 설마 놈들이⋯⋯."

"예. 지난 몇 년간 일심맹의 공격을 받고 무너진 수채가 일곱 곳이 넘습니다. 그나마 살아남은 수채들 또한 여전히 심각한 위협을 받고 있지요."

유대웅이 이해가 잘 가지 않는다는 듯 고개를 갸웃거릴 때 장우기의 탄식이 터져 나왔다.

"황우, 이 더러운 놈. 내 비사도에서도 대충 전해 듣기는 했지만 아주 자근자근 밟아놓았구나."

주먹을 부르르 쥐며 원독의 눈빛을 뿜어내던 장우기가 유대웅에게 고개를 돌렸다.

"처음 혈사림을 등에 업고 일심맹을 장악한 황우에 대한 반감은 상당히 심했다. 이곳저곳에서 동시다발적으로 터져나왔지만 네 부친이 처음 몸을 일으킨 이곳만큼 거세게 저항한 곳은 없었다."

"단 두 곳만이 변절을 했을 뿐입니다."

조금 전 유대웅이 전대 일심맹 맹주 유섬강의 아들이라는 것을 전해 들은 조건이 자부심 가득한 얼굴로 말했다.

"변절했다는 그 두 곳은 어딘가?"

"공교롭게도 모두 대녕하에 있습니다. 웅묘동을 본거지로 삼고 있는 웅묘채(熊猫寨)와 선도봉의 선도채(仙桃寨)입니다."

"규모는?"

"청정채의 두 배 정도라고 보시면 됩니다."

"두 배면 대략 육십 명. 도합 백이십이군. 일심맹의 탄압을 받고 있다는 수채의 전력은 어느 정도나 되나?"

"원래는 놈들과 비슷했는데 지금은 많아야 사오십 정도입니다."

"그렇게 살아남은 수채가 네 곳이라."

유대웅이 생각에 잠기자 장우기가 한숨을 내쉬었다.

"네가 지금 무슨 생각을 하는지는 알겠다만 일단 지금은 피하고 볼 때다. 황우 그놈이 이대로 당하고 가만있을 놈이 아니야. 당분간 피해야 돼."

유대웅이 딴소리를 할까 걱정한 장우기가 곧바로 조건에게 물었다.

"이곳에서 일심맹의 눈을 피할 곳이 있겠는가?"

"장소야 많지요. 용문협은 좀 그렇지만 파무협만 지나도 숨을 곳은 천지입니다. 놈들이 아무리 몰려와도 감쪽같이 숨을 수 있는 곳이 널려 있습니다. 문제는 흑선입니다."

"음."

같은 생각을 했는지 장우기가 낮은 신음을 내뱉었다.

"흑선 정도 되는 배를 숨길 장소는 그다지 많지 않습니다. 인원이 많아 아예 뭍으로 끌어 올리지 않는 한, 강가의 지형

지물을 이용해 잘 숨겨야 한다는 건데 쉽지가 않지요. 게다가 용문협을 지나면 강물이 얕은 곳이 많아 배가 제대로 움직일 수 있을지도 모르겠습니다."

"정말 없을까?"

장우기가 답답하단 표정을 지으며 다시금 물을 때였다.

청정채에서도 경험 많기로 유명한 뇌초가 조심스레 입을 열었다.

"마도하(馬度河)로 가면 어떻겠습니까?"

"마도하? 장소로야 최선이지만 흑선을 움직일 수가 없잖아."

조건이 고개를 흔들자 뇌초가 다시 말을 받았다.

"얼마 전까지 많은 비가 오지 않았습니까? 강이 깊지는 않지만 당분간은 흑선이라도 운행이 가능할 겁니다. 단, 다시 나오려면 고생깨나 해야겠지만요."

"마도하는 어떤 곳이지?"

유대웅이 물었다.

"소삼협 안에 또 다른 삼협이라 하여 소소삼협이라 불리는 곳입니다. 인간의 발길이 닿지 않아 원시림이 우거졌고 수많은 계곡의 경관은 가히 천하의 으뜸이라 할 수 있습니다. 수적들 중에도 그곳을 아는 자들은 거의 없습니다."

"그댄 어찌 알고 있지?"

"아무리 오지라도 사람은 살고 있으니까요."

뇌초가 씨익 웃었다.

"갑시다."

유대웅은 그 웃음에 두말않고 결정을 내렸다.

장우기와 조건은 눈빛을 교환하며 너무 성급한 결정이 아니냐는 의견을 교환했지만 그렇다고 딱히 방법도 없기에 반대를 할 수가 없었다.

*   *   *

"적입니다."

조건의 침통한 음성에 장우기의 안색이 확 변했다.

"또? 이번엔 어디 놈들이야?"

"깃발의 모양새를 보니 흑수채에서 따라붙은 모양입니다."

"흑수채에서? 놈들이 이렇게 빨리 따라붙어?"

"배를 찾겠다는 일념으로 달려왔겠지요. 이 배는 현재 노꾼이 부족해 제대로 속도를 내지 못하고 있는 상황입니다."

"후~ 아직 제대로 휴식을 취하지도 못했는데."

장우기는 연이은 싸움으로 힘든 기색이 역력한 수하들을 바라보며 탄식했다.

마도하로 몸을 피하기로 결정을 하였으나 전문 노꾼들이 극도로 부족한 터라 흑선은 제대로 속도를 낼 수가 없었다.

청정채의 수적들이 합류하여 인원은 그럭저럭 채워졌지만 전문적으로 노를 젓는 자들에 비할 바는 아니었다.

결국 일심맹의 명을 받고 기다리던 웅묘채의 수적들에게 꼬리를 잡히고 말았으니, 수없이 많은 갈고리가 흑선을 향해 날아들고 최선을 다해 뿌리쳤음에도 힘없이 적의 승선을 허락한 흑선에선 치열한 싸움이 벌어지게 되었다.

처음, 대다수가 노를 저으러 내려간 탓에 적의 수가 자신들보다 현저히 적다는 사실에 안심하고 공격을 펼치던 웅묘채는 거대한 검을 작대기처럼 휘두르며 등장한 유대웅에 의해 모조리 박살나고 말았다.

선발대 형식으로 배에 오른 스무 명이 제압당하는 데는 채 반 각도 걸리지 않았다.

그 누구도 유대웅의 일검을 받지 못했고, 더러는 공포에 질려 스스로 배에서 뛰어내리기도 했다.

공격에 실패한 뒤, 흑수채와 청호당이 단 한 사람에게 쓸렸다는 소문이 단순한 헛소문이 아니라는 것을 확인한 웅묘채 채주 적삼(赤森)은 공격을 포기하고 또 다른 지원군이 도착하기를 기다린 채 흑선의 뒤를 졸졸 따르기 시작했다.

참지 못한 흑선이 접근할라 치면 꽁지가 빠져라 도망을 치고 다시 움직이기 시작하면 언제 도망을 쳤냐는 듯 재빨리 따라붙었다.

그렇게 다시 반나절이 가고 태양이 서산마루에 걸릴 즈음,

흑선은 또 다른 적, 선도채와 맞부딪치게 되었다.

때를 기다렸던 웅묘채가 흑선의 좌측으로, 선도채가 우측으로 배를 붙여오며 수적답지 않게 활을 날려댔다.

정면으로 부딪쳤다가 한차례 뜨거운 맛을 보았던 웅묘채가 미리 연락을 해 그런 식의 공격을 제안한 것이 틀림없는 터. 양측에서 밀려드는 화살의 수는 그리 많지 않았지만 그래도 상당히 위협적이었다. 게다가 선도채의 배에는 상자노(床子弩)라는 오래전 군에서 쓰던 공격 무기가 있었다.

상자노의 거대한 화살에 흑선 곳곳이 힘없이 깨져 나갔다.

갑판 이곳저곳이 심하게 패었으며, 심지어 화살에 맞은 돛대 하나가 그대로 부러져 버렸다.

그러나 화살은 무한정한 것이 아니었고 배를 점령하지 않고는 공격에 성공했다고 보기에 어려웠다.

결국 어느 정도 시간이 흐르자 웅묘채와 선도채의 수적들은 일제히 흑선에 오르기 시작했는데, 사실 그들이 그런 결정을 내린 데에는 장우기를 추살하기 위해 일심맹에서 급파된 추격대 중 일부가 도착한 데 힘입은 바가 컸다.

일심맹의 주력이라 할 수 있는 그들 개개인의 실력은 웅묘채와 선도채의 수적들에 비할 바가 아니었다.

가장 먼저 흑선에 오른 것은 일심맹의 추격대였다.

그 살기에 찬 눈빛, 전신에서 뿜어져 나오는 기세는 여타 수적들에 비할 바가 아니었다.

하나, 그들은 상대를 잘못 만났다.

그렇잖아도 계속되는 화살과 상자노의 공격에 짜증이 극에 이른 유대웅은 무지막지한 힘으로 그들을 몰아붙였다.

이미 상대에 대한 전력을 파악하고 준비를 한 터라 나름 자신있었던 추격대는 그들의 예상을 뛰어넘는 유대웅의 무위에 당황하지 않을 수 없었다.

유대웅은 기선 제압을 위해 가장 먼저 추격대의 수장을 노렸다.

그를 구하기 위해 동료와 수하들이 필사적으로 노력을 하였지만 추격대의 수장은 유대웅의 공격이 시작되고 정확히 이십여 초 만에 배 아래로 추락하고 말았다.

유대웅이 추격대를 상대하는 동안 장우기와 도걸상, 조건을 비롯하여 그나마 무공이 뛰어난 수적 몇 명이 대다수가 노를 젓고 있는 아군을 지키기 위해 필사적으로 싸우고 있었다.

적의 수가 아무리 많아도 아래로 진입하기 위한 길은 좌우측 두 곳뿐.

바로 그곳을 목숨 걸고 사수한 덕에 추격대를 모조리 쓰러뜨린 유대웅이 선상의 적을 향해 달려들 때까지 와호채가 입은 피해는 극히 미미했다.

이후, 노 대신 무기를 집어 든 와호채의 수적들까지 반격을 시작하니 흑선에 올랐던 적 중 스스로 배에서 뛰어내려 도주한 여섯을 제외하곤 삼분지 일이 목숨을 잃었고 나머지는 부상을 입은 채 포로가 되었다.

압도적인 승리였으나 피해가 전무한 것은 아니었다.

와호채의 수적 중 셋이 목숨을 잃었고 다들 크고 작은 부상을 당한 상태였다. 그나마 유대웅이 추격대를 물리칠 때까지 장우기 등이 목숨을 걸고 버텨주었기에 피해를 줄인 것이다.

그렇게 힘든 싸움이 끝난 지 채 반 시진도 되지 않아 또다시 적을 맞이하게 된 것이다.

더구나 이번 상대는 장수현에서 선발대를 잃고 흑선까지 빼앗긴 덕에 악이 받칠 대로 받친 흑수채였다.

"그 뒤에서도 옵니다."

도걸상이 당황한 목소리로 흑수채의 뒤에서 따라오는 수적선을 가리켰다. 다소 거리가 있어 정확히 파악은 되지 않았지만 언뜻 보기엔 조금 전 그들에게 당한 웅묘채와 선도채가 분명했다.

"끝없이 몰려오는군."

장우기가 유대웅에게 고개를 돌렸다.

"이대론 안 되겠다. 아까처럼 화살만 날려대도 답이 없어. 놈들과 싸울 전력도 안 되고."

"배를 버려야겠네요."

유대웅의 말에 장우기는 물론 조건마저 깜짝 놀란 눈으로 바라보았다.

"뭘 놀래요? 이 배의 속도를 봐요. 이 정도로는 때려죽여도 놈들의 추격을 벗어날 수 없습니다."

"육지로 올라가도 추격은 계속될 거다."

"후회하게 될 겁니다."

유대웅의 자신만만한 태도에 정말 그렇게 될 것 같다는 생각을 한 장우기는 더 이상 토를 달지 않았다.

"네 판단이 그렇다면 따라야지. 이보게."

"예."

"배를 뭍으로 대라 하게."

"알겠습니다."

조건이 사라지고 얼마 뒤, 방향을 튼 흑선이 강변 모래사장에 미끄러지듯 처박혔다.

중심을 잡지 못한 흑선이 한쪽으로 기울 즈음, 장우기를 필두로 수적들이 배에서 탈출하기 시작했다.

"채주는?"

장우기가 물었다.

"잠시 할 일이 있다고 남았습니다."

조건의 대답이 끝나기가 무섭게 엄청난 굉음이 들리면서 흑선의 좌측 선체가 박살났다. 그리고 집채만 한 구멍을 뚫고 유대웅이 모습을 드러냈다.

장우기 등이 멍한 눈으로 그를 바라보자 유대웅이 씨익 웃으며 말했다.

"내가 먹지 못하면 남도 못 먹어야지요. 혹시라도 버리고 가면 나중에 다시 우리 것으로 만들면 되고요."

*　　　　*　　　　*

와호채와 일심맹이 쫓고 쫓기는 싸움을 하고 있을 즈음, 무산삼협의 입구에서 잠시 머무는 배가 있었다.

배의 규모는 그리 크지 않았지만 일심맹을 상징하는 깃발이 곳곳에서 펄럭이고 오고 가는 수적들의 수도 상당했는데 그 배의 선미에 주변 분위기와는 전혀 어울리지 않는 문사 한 명이 섭선을 흔들며 무산삼협을 응시하고 있었다.

그의 이름은 운염(雲炎), 현 일심맹의 군사가 바로 그였다.

운염을 향해 날카로운 인상의 사내가 걸어와 무릎을 꿇었다.

"놈들이 뭍으로 상륙했다고 합니다."

"장소는?"

"마귀산 인근으로 보입니다. 흑수채와 조우하면 싸움을 포기할 거라는 군사님의 예측대로입니다."

존경심을 듬뿍 담은 사내의 말에 운염이 입가에 살짝 조소를 띠었다.

"예측이라고 할 것도 없다. 청정채를 흡수했다고 하더라도 어차피 얼마 되지 않는 인원. 흑선을 제대로 움직일 수가 없어. 그렇다고 언제까지 배에서 버틸 수만은 없는 노릇이지.

머리가 제대로 박힌 자라면 당연히 배를 버릴 수밖에 없는 것이다. 인원은 배치했느냐?"

"예. 마귀산을 비롯하여 놈들이 상륙할 것으로 예상되는 지점에 모조리 병력을 보냈고 인근 산채에도 도움을 요청하여 지원을 받았습니다."

"쉽게 잡힐 놈은 아니다. 단신으로 흑수채와 청호당을 그리 만든 자야. 게다가 연이은 싸움에서도 상당한 능력을 보여주고 있고. 설마하니 구일평(九溢平)이 그리 쉽게 목숨을 잃을 줄은 몰랐어."

추격대 중 일부를 이끌고 흑선에 올랐다가 배에서 추락하여 목숨을 잃은 구일평은 일심맹에서도 상당히 뛰어난 무공을 지닌 자였다.

구일평의 죽음은 운염으로 하여금 유대웅에 대한 인식을 새롭게 하는 계기가 되었다.

"지도를."

운염의 말에 사내가 재빠른 동작으로 지도를 펼쳤다.

"마귀산이라면 이곳이군. 그렇다면……."

지도를 살피는 운염의 눈이 차갑게 빛났다.

"지금 즉시 각 지점에서 상륙에 대비하고 있는 자들에게 전서구를 띄워라. 매복 장소를 바꾼다고. 장소는 바로 이곳과 이곳, 그리고 이곳."

운염은 마귀산을 중심으로 와호채가 도주할 수 있는 모든 방향의 도주로를 완벽하게 차단하여 가히 천라지망과 같은 포위망을 구축하도록 일일이 장소를 지정했다.

행여나 말을 놓칠까 사내가 땀을 흘리며 운염이 지적한 곳을 확인하고 있을 즈음, 그들을 향해 두 명의 노인이 걸어왔다.

혈사림으로 가는 운염을 보호하기 위해 황우가 특별히 배려한 장로 명일곤(明一坤)과 고첨(高尖)이었다.

운염이 지적한 장소를 힐끗 살핀 고첨이 어이없다는 웃음을 흘렸다.

"이거야, 고작 미쳐 날뛰는 녀석 하나 가지고 너무 과하지 않는가?"

"과할 수도 있습니다만 생각보다 강한 자입니다. 이 정도 해두지 않으면 안 될 것 같습니다."

운염의 말에 고첨의 미간이 꿈틀댔다.

"쯧쯧, 고작 흑수채와 청호당의 조무래기들을 박살 낸 것을 가지고. 어차피 한주먹 거리도 되지 않을 놈일 텐데 말이야."

고첨이 주먹을 흔들며 추격에 참여하지 못함을 아쉬워하자 운염이 기다렸다는 듯 말했다.

"그렇잖아도 두 분께 부탁을 드리려던 참이었습니다."

"우리에게?"

"예. 방금 전 맹에서 연락이 왔는데 맹주께서 몇 번의 패배에 대노하고 계신 모양입니다."

"음."

"흑수채와 청호당에게 망신을 준 자도 그렇지만 장우기만 큼은 반드시 잡아야 한다는 명입니다."

"이 정도로 포위망을 갖췄는데 잡지 못하는 것이 이상하지. 걱정할 필요가 있을까?"

"저 역시 크게 걱정하지는 않고 있습니다. 솔직히 이만한 병력을 동원한다는 것 자체가 어쩌면 낭비일 수도 있고요. 하지만 만에 하나……."

명일곤이 운염의 말을 끊고 들어왔다.

"놓칠 수도 있다고 보는군."

"솔직히 그렇습니다. 가능성은 희박하지만 완전히 배제할 수도 없는 노릇인지라."

"흠, 군사가 구축한 포위망을 보면 노부는 물론이고 어지간한 고수라도 빠져나오기 힘들어 보이는데."

명일곤이 회의적인 표정으로 바라보자 운염이 고개를 끄덕여 인정했다.

"그렇기에 만에 하나라고 이미 말씀드렸습니다. 하지만 저는 그 일말의 가능성마저 없애고 싶습니다."

"그래서, 노부들에게 원하는 게 뭔가?"

"이곳으로 가주십시오."

명일곤의 질문에 운염이 지도의 한곳을 가리켰다.

"가능성이 거의 전무하다고 해도 과언은 아니지만 만약 놈이 탈출에 성공을 한다면 반드시 이곳에 나타나게 되어 있습니다."

명일곤과 고첨은 운염이 가리키는, 지도 위에 수정동(水簾洞)이라 명명된 지점을 가만히 응시했다.

"놈이 수정동에 나타나면 무슨 수를 써서라도 제거해야 합니다. 만약 놓칠 경우 일심맹은 그 어떤 적보다 무서운 자를 적으로 맞이하게 될 것입니다."

마치 어떤 운명을 직감하듯 운염의 음성은 그 어떤 때보다 차갑게 가라앉아 있었다.

*　　　*　　　*

"후~ 힘드네."

초천검을 내려놓은 유대웅의 얼굴에 땀이 송골송골 맺혔다.

먼지로 범벅이 된 옷은 그의 것인지 아니면 적의 것인지 판단하기 애매한 혈흔이 널려 있었다.

"아직 멀었나?"

유대웅이 눈꼬리를 타고 흐르는 땀을 닦아내며 물었다.

"얼마 남지 않았습니다. 저기 보이는 곳이 수정동입니다. 이곳부터는 물길이 워낙 얕고 또 급류가 심해 어지간한 배는 들어올 수가 없습니다."

"그럼 일단 해상에서의 추격은 없다고 보고. 남은 건 육로로 쫓아오는 놈들이군."

"사실상 문제는 그놈들이었지. 지독한 놈들."

장우기가 질렸다는 표정으로 고개를 설레설레 내저었다.

육십 평생 험하디험한 물길에서 살아남은 그였지만 악몽과도 같았던 하루하고 반나절간의 추격전은 지금껏 겪어보지 못한 처절한 것이었다.

지난밤, 그들이 흑선을 버리고 처음 도주를 시작한 장소가 바로 마귀산(馬歸山) 인근이었다.

한데 마치 배를 버릴 줄 알았다는 듯 마귀산에서 진을 치고 기다리는 적들이 있었는데, 다름 아닌 일심맹의 휘하에 있는 인근 수채의 수적들과 그들과 동맹 관계에 있는 녹림의 산적들이었다.

반 시진에 걸친 혈투 끝에 포위망을 뚫는가 싶었지만, 이후 와호채가 움직이는 곳마다 어김없이 매복이 있었다.

밤새 아홉 번의 공격이 있었고, 와호채는 그 모든 공격을 막아냈다.

그것은 끊임없이 이어지는 적의 모든 공격을 거의 홀로 막아낸 유대웅의 활약도 눈부신 것이었지만, 지칠 대로 지치고 부상당한 몸으로도 끝까지 전의를 불태운 와호채 식구들의 투지가 일궈낸 성과였다.

이후, 아침이 밝고 뜨거운 햇살이 내리쬐는 오후가 될 때까지 주변을 돌고 돌며 다시금 세 번의 함정과 매복 공격을 뿌리치고 도착한 곳이 바로 적취협의 시작이라 할 수 있는 수정동이었다.

"아무튼 이제는 끝났습니다."

뇌초가 활짝 웃으며 말했다.

그의 웃음에 안심을 한 것인지 지금껏 살아남은 자들의 입가에도 안도의 미소가 흘렀다.

유대웅만이 쓴웃음을 지으며 고개를 흔들었다.

"아직은 아냐. 한 고비가 더 남았어. 어쩌면 지금까지의 여정을 모두 합친 것보다 더욱 위험한 고비가."

그의 말이 끝나기가 무섭게 수정동 안에서 광소가 터져 나왔다.

"크하하하! 우리의 기척을 알아채다니, 어린놈이 제법이구나."

흑발노인이 껄껄 웃으며 유대웅을 향해 걸어왔다.

운염의 부탁으로 수정동을 지키고 있던 고첨이었다.

그 뒤로 또 다른 장로 명일곤과 만만치 않은 기세를 뿜어내는 열 명의 사내가 모습을 드러냈다.

그들이 누구인지 가장 먼저 알아본 사람은 장우기였다.

"네, 네놈들!"

"오랜만이오, 형님."

고첨이 장우기를 보며 아는 체를 했다.

"내 소문은 믿지 않았다. 한데 결국 황우의 더러운 개가 되었단 말이냐?"

"쯧쯧, 주인을 섬기는 것은 예나 지금이나 어차피 똑같소. 지금이 개가 된 것이라면 과거에도 역시 개의 신세였겠지."

"전대 맹주는 네놈들을 수하가 아니라 사부의 예로 모셨다."

"뭐, 그건 알고 있소. 괜찮은 인물이었지. 그래 봤자 어차피 수적은 수적일 뿐. 지금 맹주도 가히 나쁘지는 않소."

"신의라고는 눈곱만큼도 없는 버러지 같은 놈들. 한때 네놈들과 같은 동료였다는 것이 수치스럽구나."

"각자의 생각은 다른 것이니까. 한데 그냥 비사도에 계시지 뭐하러 여기까지 기어나오셨소? 비사도에 있었다면 목숨이나마 부지했을 것을."

"네놈이 감히 내 목숨을 운운한단 말이냐?"

장우기가 살기 띤 눈으로 노려보자 고첨이 주위가 떠나가라 웃어댔다.

"크하하하하! 이거 무섭구려. 하지만 상황이 그런 걸 어쩌겠소? 과거라면 몰라도 지금의 형님은 이 아우의 상대가 아니라오. 그 몸을 해가지고 어디 칼이라도 쥐겠소?"

"그래도 쥐새끼 같은 배신자의 목을 취할 힘은 남아 있다."

장우기가 손에 든 칼을 꽉 움켜쥐며 소리쳤다. 하나, 그것이 힘을 잃은 자의 안타까운 분노임을 알 만한 사람은 다 알 았다.

"그 몸으론 안 됩니다."

유대웅이 장우기를 말리고 나섰다.

"몸 상한 노인네 말고 제가 상대하지요."

"네놈이 바로 그놈이냐?"

고첨이 가소롭다는 듯 물었다.

"아마도요."

"흑수채와 청호당 놈들이 당했다는 말을 듣고 병신 같다고 욕을 했는데 가만 보니 그럴 만하구나. 어린 나이에 제법 괜 찮은 실력을 지니고 있어."

고첨이 유대웅의 몸을 아래위로 쓸어보며 말했다.

그는 지금 겉으로 내색은 안 해도 유대웅의 전신에서 느껴 지는 기운에 상당히 놀라고 있는 중이었다.

"제법이 아니다. 이놈 강해."

뒤에 있던 명일곤이 착 가라앉은 목소리로 말했다.

"훗, 역시 명 장로. 눈치는 빠르군요. 고 장로는 여전히 둔 하고."

싱글거리며 내뱉는 유대웅의 말에 명일곤의 눈빛이 확 변 했다. 고첨도 눈을 크게 뜨며 놀라는 눈치였다.

"서, 설마? 유, 유대웅?"

"오랜만이네요. 설마하니 이런 식으로 만날 줄은 몰랐는데."

부친과 함께 일심맹을 키워낸 오대장로 중 두 명과 적으로 조우할 줄은 몰랐던 유대웅의 얼굴에 씁쓸함이 묻어 나왔다.

"그래, 그 덩치. 그리고 그 눈빛. 대웅 네 녀석이 맞구나."

명일곤이 눈살을 찌푸렸다.

그 역시 지금은 완전히 잊었다지만 그래도 과거에 모셨던 주군의 아들을 적으로 다시 만난 상황이 그다지 마음에 들지 않는 것 같았다.

"네 녀석이 대장로를 탈출시킨 것이로구나."

고첨이 눈을 부라리며 말했다.

"보다시피."

"과연 맹주의 아들이라고 해야 하나? 짧은 시간에 상당히 강해졌어. 그 많은 함정을 돌파하고 여기까지 나타날 줄은 상상도 못했거든. 한참을 기다리면서도 회의적으로 생각하고 있었는데 인정을 안 할 수가 없군그래."

고첨의 말에 유대웅의 미간이 살짝 찌푸려졌다. 한참 전부터 기다렸다는 그의 말이 마음에 걸린 것이다.

"기다렸단 말이오?"

"거의 반나절을 기다렸다."

"우리가 어찌 이곳으로 올 줄 알고?"

"그거야 노부도 모르지. 우린 그저 군사의 부탁대로 이곳에서 대기했을 뿐이니까. 그리고 보니 그 녀석도 참 대단해.

곳곳에 설치한 함정과 매복도 부족해서 결국 싫다는 우리까지 이곳에 대기시키다니."

유대웅이 도저히 믿기지 않는다는 얼굴로 물었다.

"하면 지금껏 우리를 기다렸던 모든 함정들이 군사라는 자가 우리의 움직임을 예측해 미리 준비한 것이란 말이오?"

"아니면? 이 넓은 땅덩이에서 네놈들이 어찌 움직일 줄 알고 그런 함정을 준비했을까?"

"하, 이거야 원."

유대웅은 온몸의 힘이 쫘악 빠지는 느낌을 받았다.

적의 포위망을 뚫고자 그토록 열심히 싸웠건만 이건 마치 장기판의 졸이 된 형상이 아닌가. 엄청난 굴욕감에 몸이 막 떨릴 지경이었다.

"운염, 여전히 악마 같은 두뇌를 뽐내고 있군."

장우기가 원독에 찬 눈빛으로 이를 갈았다.

"아는 자입니까?"

"아냐고? 알다마다. 혈사림의 힘을 등에 업고 일심맹을 집어삼킨 황우가 곳곳에서 일어난 반란을 무사히 제압하고 지금껏 맹주 직을 유지하는 것은 고비마다 혈사림의 지원 때문이기도 하지만 운염 바로 그놈이 곁에서 머리를 굴리고 있기 때문이다. 와룡숙에서 천금을 뿌리고 데려왔다더니만 정말 지독한 놈이야."

"와룡숙이오?"

유대웅이 깜짝 놀라 되물었다.

"그래, 와룡숙. 바로 그놈의 계략으로 나와 수하들이 비사도에 갇히게 된 것이다."

함정에 빠져 꼼짝없이 제압을 당했던 당시의 일이 떠오르는지 장우기의 눈에선 끈적한 살기가 뿜어져 나왔다.

"흠, 그것이 사실이라면 정말 대단한 인물이군요. 하지만 한 가지는 확실하게 틀렸습니다."

장우기는 물론이고 명일곤과 고첨마저 의아한 눈으로 바라보자 유대웅의 입가에 진한 미소가 지어졌다.

"우리가 이곳을 빠져나갈 줄은 꿈에도 몰랐을 테니까요."

유대웅이 어깨에 올려놓았던 초천검을 앞으로 세웠다.

순간, 그의 전신에서 무시무시한 기파가 사방으로 뻗어나가기 시작했다.

지금껏 건청기공만을 사용했던 유대웅이 처음으로 조화신공을 일으켰다.

이는 곧, 패왕칠검을 사용하겠다는 것을 의미했다.

峽三山巫

第十四章
일도파산(一刀破山)

"음."

노인의 눈이 가만히 떠졌다.

평온한 일상, 오후의 따뜻한 햇살을 받으며 청하던 오수를 방해받은 노인의 눈매가 가늘어졌다.

"수정동… 쪽인가?"

근처에서 관심조차 가지 않는 몇몇 조무래기 수적이 분탕질을 친 적은 있어도 이 정도 기운은 실로 오래만에 접해보는 것이었다.

노인이 호기심을 이기지 못하고 몸을 일으켰다.

은거한 지 근 십오 년, 무림에서 모습을 감추기 전까지 사람들은 그를 일도파산이라 부르며 경외해 마지않았다.

*　　　　*　　　　*

충격과 경악, 그리고 공포.

지금 눈앞에서 벌어지는 싸움을 지켜보는 모든 이들의 공통된 심정이었다.

모든 시선이 비참한 꼴로 바닥에 처박혀 있는 고첨에게 향해 있었다.

조금 전까지의 당당한 모습은 온데간데없고 검붉은 피를 연신 토해내며 꿈틀대는 고첨의 얼굴은 자신이 어째서 이런 꼴을 당해야 하는지 여전히 이해를 하지 못하겠다는 표정이었다.

유대웅이 그 나이에 어울리지 않는 무공을 지녔다는 것도 알고 있었고, 그럼에도 다소간의 방심을 했다지만 그렇다고 이런 식으로 일방적으로 패할 줄은 상상도 못했다. 방심이 부른 결과치고는 너무도 뼈아팠다.

"노… 옴!"

고첨은 수치심에 눈의 실핏줄이 터져 나가도록 이를 꽉 깨물었다.

하나, 사람들의 시선은 이미 그가 아닌 유대웅과 명일곤의 싸움으로 향해 있었다.

고첨이 도움을 줄 여지도 없이 순식간에 패하는 것을 본 명일곤은 유대웅이 자신이 생각한 것보다 훨씬 막강한 무공을 지녔음에 긴장하며 처음부터 혼신의 힘을 다했다.

과거에도 무공만큼은 장우기에 버금갔던 그인지라 승부는 쉽게 갈리지 않았다.

"타합!"

힘찬 기합성과 함께 명일곤이 먹이를 낚아채는 맹수처럼 날카로운 검을 내질렀다.

매서운 검기가 소용돌이치면서 그 기운을 사방으로 흩뿌렸다.

자신을 향해 몰려오는 검기를 바라보는 유대웅의 눈빛이 차갑게 빛났다.

그는 당황하지 않았다.

피하지도 않았다.

그저 묵직한 느낌의 초천검을 조금은 이상한 자세로 움켜쥐고 밀려드는 검기를 바라볼 뿐이었다.

그리고 어느 순간, 초천검이 움직였다.

한줄기 검광이 앞으로 쏘아졌다.

운룡번천.

그 언젠가 고선 진인을 당황케 만들었던 패왕칠검의 첫 번째 초식이었다.

명일곤은 자신이 뿌린 검기를 단숨에 무력화시키며 밀려

드는 기운에 전신이 갈가리 찢기는 공포를 맛보았다.

오른발로 바닥을 차고 오르며 피하는 명일곤.

그를 스쳐 간 기운이 아름드리 거목을 박살 내며 굉음을 만들어냈다.

"크으으윽!"

허공에 점점이 혈화를 뿌리며 바닥으로 내려서는 명일곤의 입에서 고통스런 신음이 흘러나왔다.

비틀거리며 겨우 중심을 잡은 그의 옆구리에서 시뻘건 핏물이 울컥울컥 쏟아져 나왔다.

그런 명일곤을 보며 유대웅은 씁쓸함을 감출 수 없었다.

지금이야 어떤지 몰라도 어린 기억 속에 명일곤은 장우기와 더불어 부친을 가장 충심으로 보필한 인물이었기 때문이다.

"피는 속이지 못하는군. 대단한 무공이었다."

겨우 몸을 추스른 명일곤이 진심으로 감탄하며 칭찬을 했다.

"……."

"한데 맹주의 무공은 아닌 것 같구나."

잠시 망설이던 유대웅이 조용히 말했다.

"패왕칠검이라 합니다."

"패왕칠검이라… 과연 그 이름에 어울리는 패도적인 초식이었다."

다시금 감탄을 한 명일곤이 하늘을 보며 긴 한숨을 내뱉었다.

"지금껏 노부의 선택에 후회는 하지 않았다. 한데 지금의 네 모습을 보니 조금만 더 기다렸으면 어땠을까 하는 마음이 드는구나."

"지금이라도 늦지 않았습니다."

"아니, 늦었다. 너무 늦었어."

명일곤이 단호히 고개를 흔들었다.

"지금부터 노부가 네 부친과의 신의를 저버리고 얻은 것을 보여주마."

명일곤이 바닥을 찍고 있던 검을 고쳐 잡았다.

유대웅의 눈동자가 살짝 흔들렸다.

화산에서 하산한 이후, 그의 얼굴에 처음으로 긴장의 빛이 흘렀다.

목숨을 걱정할 정도는 아니더라도 충분히 포기할 정도의 부상이었건만 명일곤은 옆구리에서 폭포수처럼 흘러내리는 선혈을 무시한 채 차가운 눈빛을 뿜어내고 있었다.

잠시 호흡을 가다듬던 명일곤이 짧게 숨을 내뱉으며 유대웅에게 짓쳐들었다.

그의 움직임에 따라 바닥에 뜨거운 핏물이 뿌려졌다.

한데 그 처절한 광경보다 놀라운 것은 바로 그의 검에서 드러나는 기운이었다.

검끝에서 일렁이는 혈광.

단지 바라보는 것만으로도 소름이 끼치는 혈광은 지금껏 명일곤이 보여주었던 것과는 비교 자체가 되지 않는 엄청난 힘을 발출하고 있었다.

유대웅은 황급히 공력을 끌어올리면서 뒷걸음질쳤다.

자연스레 일어난 호신강기가 그의 전신을 에워쌌다.

유대웅이 악귀 같은 기운으로 사방을 잠식해 들어가는 혈광을 향해 초천검을 휘둘렀다.

꽈꽈꽈꽝!!

거대한 폭음이 터졌다.

한순간에 주변을 초토화시킨 기운이 사방으로 퍼져 나갔다.

흙먼지가 피어오르고 온갖 파편이 사방으로 비산했다.

한참이나 떨어져 둘의 싸움을 초조히 지켜보던 이들은 노도처럼 덮쳐 오는 광풍에 납작 엎드려 충돌의 여파를 비껴냈다.

천지를 뒤흔들던 굉음이 멈추고 하늘 높은 줄 모르고 치솟던 흙먼지가 가라앉을 즈음, 고개를 든 사람들의 시선이 일제히 명일곤과 유대웅이 충돌한 곳으로 모아졌다.

명일곤은 무릎을 꿇고 있었다.

검을 든 팔은 흔적도 없이 사라졌고 옆구리에선 피가 아니라 오장육부가 흘러내리고 있었다. 자세히 살펴보면 양다리

또한 무릎 아래쪽이 완전히 짓뭉개져 애당초 서 있을 수가 없는 상황이었다.

"쿠웩!"

명일곤의 몸이 그대로 꺾이며 토혈을 했다. 검붉은 핏물 속에는 잘게 잘린 내장 조각이 섞여 있었다.

그의 맞은편, 유대웅이 서 있었다.

사람들은 또 한 번 자신들의 눈을 의심해야 했다.

명일곤의 상태를 보건대 그와 정면으로 맞상대한 유대웅 또한 그 정도의 부상을 당할 줄 알았다. 아니, 꼭 그렇지 않더라도 최소한 심각한 부상은 당할 줄 알았다.

방금 전 명일곤이 목숨을 걸고 보여준 한 수를 감안했을 때 그건 당연한 것이었다.

한데 유대웅은 그들의 예측을 철저하게 배반했다.

그는 멀쩡했다.

뽀얀 먼지가 내려앉은 옷이 조금 찢어지고 두 뼘 정도 갈라진 어깻죽지를 비롯하여 몇몇 자잘한 부상도 보이긴 했지만 명일곤에 비하면 그건 부상이라고도 할 수 없었다.

그런 유대웅의 모습에 명일곤은 허탈한 웃음을 내뱉었다.

"허허허, 처음부터 이길 수 없다는 것은 알았다. 그래도 어느 정도는 곤란하게 만들 줄 알았건만."

"명 장로의 화후가 부족해서 그랬을 뿐 처음 접해보는 무서운 무공이었습니다. 이름을 물어도 되겠습니까?"

대답은 전혀 엉뚱한 곳에서 흘러나왔다.

"혈무광천폭(血霧狂天暴)이란 검법이다."

다들 깜짝 놀라며 대답이 들려온 곳을 향해 고개를 돌렸다.

언제 나타났는지 한 노인이 잔뜩 인상을 찌푸리며 서 있었다.

키는 그다지 크지 않았고 몸짓 또한 여느 노인과 다르지 않았지만 광채가 뿜어져 나올 듯 부리부리한 눈매가 사람들로 하여금 은연중 두려움을 느끼게 만드는 노인.

유대웅 등이 내뿜은 기파에 호기심이 동한 나머지 은거지를 박차고 나선 일도파산 자우령이었다.

"네가 어째서 혈영노괴(血影老怪)의 무공을 알고 있는 것이냐?"

모습을 드러냄과 동시에 마치 공간 이동이라도 한 듯 명일곤 앞에 선 자우령이 점점 생기를 잃고 있는 그를 차갑게 노려보며 물었다.

"으으으."

명일곤이 자우령을 알아보고 놀라는 사이 장우기가 감격 어린 표정으로 달려왔다.

"자 선배!"

"오랜만이군, 장 아우."

과거, 유섬강 덕에 약간의 인연이 있던 자우령이 살짝 고개를 끄덕이다 눈살을 찌푸렸다.

"한데 그 꼴은 뭔가? 몸이 왜 그래?"

"그렇게 되었습니다."

장우기가 민망한 표정을 지었다.

"쯧쯧, 어찌 된 일인지 모르나 말이 아니로군. 그건 그렇고, 그놈은 잘 있나?"

독불장군처럼 세상을 홀로 살아온 자우령이 나름 친근한 어조로 그놈이라 칭할 사람은 오직 한 사람뿐이었다.

"아직 모르셨습니까?"

되묻는 장우기의 음성이 절로 처연해졌다.

"뭐를?"

"맹주는 이미 이 세상 사람이 아닙니다."

순간, 상당한 충격을 받은 듯 자우령의 눈동자가 급격하게 팽창했다.

"지금 그게 무슨 말인가? 그놈이 어찌 돼?"

"오 년 전에……."

장우기가 차마 말을 잇지 못하자 자우령의 얼굴이 차갑게 변했다.

"그 건강한 놈이 병을 얻었을 리는 없을 것이고. 누군가? 어떤 놈에게 당한 것이지?"

찐득한 살기가 깃든 자우령의 목소리는 장우기가 압박감을 느낄 정도로 무시무시했다.

"스스로요."

자우령의 고개가 유대웅에게 향했다.

"스스로 목숨을 끊으셨습니다."

자우령이 날카로운 음성으로 물었다.

"너는 누구냐?"

"유대웅이라고 합니다, 어르신."

그 말에 자우령이 놀란 눈을 치켜떴다.

"유… 대웅? 대웅이라면……."

"예. 부친께서 어르신의 제자가 됩니다. 제 이름도 어르신이 지어주신 것으로 압니다만."

"그랬지. 내가 지었구나."

고개를 끄덕인 자우령이 조금 전과는 다른 눈길로 유대웅을 살폈다.

"흠, 내가 널 마지막으로 본 것이 네 살인가, 다섯 살 때인가? 그래, 그러고 보니 어릴 적 모습이 남아 있는 듯도 하군. 그때도 또래보다는 훨씬 컸지만……."

자우령은 좀처럼 찾아보기 힘든 유대웅의 덩치에 질렸다는 표정을 지었다.

"그건 그렇고, 대체 이 일이 어찌 된 것이냐? 네 아비가 무슨 이유로 스스로 목숨을 끊은 것이냐?"

어느새 표정을 바꾼 자우령이 노기 어린 음성으로 물었다.

"그건 제가 말씀드리지요."

아무래도 부친이 목숨을 잃은 사건을 직접 말하는 것보다는 자신이 설명하는 것이 좋다고 여긴 장우기가 말을 끊고 나섰다.

자우령은 장우기의 설명을 듣는 내내 별다른 표정 변화를 보여주지 않았다. 그저 유섬강이 스스로 목숨을 끊었다는 대목에서 잠시 숨을 거칠게 내쉬었을 뿐이다.

"…해서 여기까지 오게 된 것입니다."

장우기의 설명이 끝났다.

잠깐의 침묵이 이어지고 길게 탄식을 한 자우령이 어느새 싸늘한 주검으로 변해 버린 명일곤을 안타까운 눈으로 바라보았다.

"다른 놈들이야 그렇다 쳐도 네놈이 그런 선택을 할 줄은 몰랐구나."

자우령의 시선이 수하들의 도움으로 힘겹게 버티고 있는 고첨에게로 향했다.

"네놈도 익혔느냐?"

"……."

고첨이 아무런 대답을 하지 않자 자우령이 역성을 냈다.

"네놈도 혈영노괴의 무공을 익혔느냔 말이다!"

"아, 아닙니다."

"아니면? 네놈이 혈사림에게서 얻은 것은 무엇이냐?"

상대는 일도파산. 이미 단순한 변명 따위는 통하지 않는다는 것을 알기에 고첨은 순순히 털어놓았다.

"단천혈검(斷天血劍)을 얻었습니다."

"흥, 독안마(獨眼魔)도 미끼를 던졌군. 그래, 그 무공을 얻으니 원하는 만큼 강해졌느냐? 아님 천하를 다 얻은 것 같더냐?"

"……."

"고작 그따위 무공을 얻자고 일심맹을 팔아넘기다니."

고첨을 향해 걸어가던 자우령이 나뭇가지 하나를 꺾었다.

자우령의 손에 들린 나뭇가지는 이미 단순한 나뭇가지라 할 수 없었다.

뭔가 심상치 않은 분위기를 느낀 이들이 고첨을 보호하기 위해 움직이기도 전, 고첨의 양팔이 허공으로 치솟았다.

"끄아악!"

잘린 팔의 단면에서 피가 솟구치고 고첨은 숨이 끊어질 듯한 고통에 미친 듯이 비명을 질렀다.

"꺼져라, 네놈들 모두."

자우령의 한마디에 복면을 한 사내들은 싸늘히 식은 명일곤의 주검과 고통을 참지 못하고 혼절한 고첨을 안아 들고 그 즉시 자리를 떴다.

그들이 사라지자 살았다는 안도감 때문인지 곳곳에서 털썩 주저앉는 자들이 속출했다.

그 모습이 한심했는지 자우령이 혀를 찼다.

"쯧쯧, 꼴들 하고는."

"밤새 사지를 헤쳐 나오느라 지쳐서 그렇습니다. 어르신께서 이해를 해주시지요."

유대웅이 멋쩍은 웃음을 흘리며 말했다.

자우령은 그런 유대웅을 못마땅한 표정으로 바라보았다.

"그 어르신이라는 단어."

"예?"

"네 녀석 아비가 노부의 제자다. 당연히 사조라 불러야 하지 않겠느냐?"

"그럴 수는 없는데요."

"뭐라?"

자우령이 기가 막히다는 듯 쳐다보자 유대웅이 싱긋 웃었다.

"제 사부님께서 용납하지 않으실 테니까요."

*　　　*　　　*

"지, 지금 뭐라고 지껄인 거냐?"

납작 엎드린 전령은 황우의 분노에 숨조차 제대로 쉬지 못했다.

"이봐, 이 병신 같은 놈이 뭐라고 지껄인 거야?"

황우가 노기충천한 음성으로 묻자 이미 모든 내용을 전해 듣고 어두운 표정을 짓고 있던 금완이 한숨을 내쉬며 대답했다.

"놈들이 포위망을 뚫고 탈출했습니다."

"장우기는? 그 노인네는 어찌 되었고?"

"별다른 보고가 없는 한 함께 탈출한 것으로 여기면 될 듯합니다."

"말도 안 돼! 대체 어쩌다 일이 이 지경까지 된 것이란 말이야?"

"솔직히 모르겠습니다. 군사가 혈사림으로 떠나기 직전에 올린 보고서에 따르면 실패할 수 없는 일이었습니다. 맹주님도 보셨잖습니까?"

"그, 그래. 봤지, 보고말고. 군사의 천라지망은 완벽했어. 개미새끼 한 마리 빠져나갈 틈이 없었다고. 심지어 두 늙은이까지 안배를 했잖아."

두서없이 지껄이던 황우가 두 눈을 희번덕거리며 말했다.

"혹시 그 늙은이들이 배반을 한 거 아냐? 옛정이 어쩌고 지랄을 떨면서."

금완이 한숨을 내쉬었다.

"그럴 리가 없잖습니까?"

"없기는. 너도 봤잖아. 그 늙은이들이 나를 맹주라 치켜세우면서도 눈빛엔 항상 조소를 띠고 있다는 것을. 틀림없어. 그자들이 배반을 한 거야."

"명일곤 장로는 장우기를 구해간 그놈에게 목숨을 잃었고 고첨 장로는 일도파산에게 양팔을 잃고 중태인 상황입니다. 그런 분들을 두고 배신이라니요. 방금 전령의 말을 듣고서도 그런 말씀을 하십니까?"

"그, 그랬나? 충격이 너무 커서 내가 잠시 착각을 한 모양이군. 네놈이 제대로 보고를 하지 않으니 그런 것 아니냐!"

황우는 호통을 쳐대며 자신의 실수를 전령에게 전가시켰다. 그런 황우의 모습을 보며 금완은 실망을 감추지 못하고 입술을 꽉 깨물었다.

'대체 어디까지 가실 겁니까? 그래도 무령채 시절엔 이런 모습은 아니었습니다.'

비록 수채의 규모는 작아도 황우는 호방하고 시원스런 성격으로 수하들의 신임을 꽤나 받았던 채주였다.

그런 황우가 이처럼 타락하게 된 이유는 한마디로 자신의 실력이 아닌 타인의 도움으로 권력을 손에 쥐었고, 그 권력을 지키기 위해 늘 노심초사했다는 것. 그리고 그런 불안감을 잊기 위해 쾌락에 몸을 맡겼기 때문임을 곁을 지킨 금완은 누구보다 잘 알고 있었다.

황우는 한참 동안이나 소리를 질러댄 후에야 비로소 마음을 진정시켰다.

"잡기… 힘들겠지?"

"군사의 포위망을 뚫고 두 장로까지 저 지경으로 만든 자들입니다. 게다가 저들이 도망친 곳은 소삼협 중에서도 가장 깊은 곳, 우리의 힘이 미치지 않는 곳입니다. 추격은 더 이상 불가능할 것 같습니다."

"그 괴물 같은 놈이야 정체를 알 수 없으니 논외로 하더라도 장우기는 가만있지 않을 거야."

"예, 반드시 힘을 키우려 할 것입니다."

"음."

과거 일심맹에서 장우기가 어떤 인물이었는지를 기억한 황우의 표정이 급격히 어두워졌다.

"군사에게선 연락이 없나?"

"지금에서야 연락이 갔을 겁니다. 하나, 이런 상황에선 제 아무리 군사라 하더라도……."

"그렇… 겠지."

황우가 무겁게 고개를 끄덕였다.

"하면 이제 어찌해야 하나?"

"철저하게 대비를 해야겠지요. 군사가 돌아오면 보다 확실한 계획을 세우겠지만 그동안이라도 소삼협에 대한 감시를 소홀히 하지 않으면서 내실을 다져야 할 것입니다. 주변 수채의 동향도 살필 필요가 있습니다."

"아무래도 그래야겠어. 아, 그리고 지난번에 말했던 청호당 말이야."

"……."

"서두르는 게 좋겠어. 나를 향해 목소리를 높이면 어찌 되는지 확실히 보여주면 아무래도 내부 단속에 효과가 있겠지."

"하지만……."

"토 달지 마. 이건 명령이야."

"알… 겠습니다."

금완의 고개가 힘없이 떨궈졌다.

*   *   *

"그러니까 아비의 대를 이어 장강을 손에 넣겠다?"

"예."

"이런 조무래기들로?"

자우령이 기도 안 찬다는 표정으로 말했다.

"이제 시작이니까요."

"허, 용기는 가상타. 하지만 장강을 손에 넣는다는 것이 말처럼 쉬운 일이 아니야. 당장 일심맹만 보더라도 혈사림이 깊숙하게 관계되어 있지 않느냐?"

"서두를 생각은 없습니다. 일단은 조금씩 힘을 쌓아야겠지요. 그러다 보면 언젠가 기회가 있을 겁니다."

"일심맹의 추격이 끝난 것도 아니다."

"막아내면 됩니다."

"그럴 만한 힘은 있고?"

"없다고 생각하지는 않습니다."

명일곤을 쓰러뜨릴 때의 모습을 잠시 떠올린 자우령은 유대웅의 자신감이 말뿐이 아니라는 것을 인정할 수밖에 없었다.

"한데 어째서 아비의 무공을 사용하지 않는 것이냐?"

"익히지 못했습니다."

"뭐라? 익히지 못해?"

자우령의 얼굴 표정이 무겁게 굳었다.

"어르신의 허락 없이는 그 누구에게도 가르칠 수 없다고 하셨습니다."

"허!"

자우령은 황망한 눈으로 유대웅을 바라보았다.

"그 미련한 놈이 정말 그런 이유로 네게 무공을 가르치지 않은 것이냐?"

"예."

"돌탱이 같으니라고. 노부가 아무리 그런 말을 했다지만 설마하니 아들놈에게 가르치는 것까지 막으려 했을까. 정말 단 하나도 배우지 못했느냐?"

"예, 어르신."

"허, 허허. 허허허."

자우령은 어처구니없다는 웃음을 한참이나 토해냈다.

"그런데 대체 이곳에서 무엇을 하고 계셨습니까? 하나뿐인 제자가 목숨을 잃었다는 것도 모르실 정도로."

책망보다는 궁금함이 가득한 물음에 자우령의 입에서 나직한 탄성이 흘러나왔다.

"어느 날 한 가지 물음이 나를 찾아왔다."

일견 뜬금없는 말일지 몰라도 유대웅은 금방 말뜻을 이해했다.

아마도 그 어떤 깨달음이 찾아온 것이리라.

"찾으셨습니까?"

자우령이 고개를 끄덕였다.

"어느 정도는."

유대웅이 벌떡 일어나 허리를 꺾었다.

"감축드립니다, 어르신."

유대웅의 감격에 찬 인사에 자우령은 오히려 눈살을 찌푸렸다.

"감축이고 뭐고. 대체 언제까지 어르신, 어르신 할 생각이냐?"

난데없는 호통에 유대웅은 곤란한 표정으로 머리를 긁적였다.

"말씀드리지 않았습니까? 제 사부님 때문에라도……."

"그만. 누가 뭐라더냐? 네 녀석이 검선 노선배의 제자가 됐다는 것을 안 이상 애당초 사조 소리 듣는 것은 포기했느니. 하나, 군사부일체(君師父一體)라는 말이 있지 않느냐. 사부는 곧 아비와 같은 것. 하면 노부는 네게 무엇이 되느냐?"

"······."

유대웅이 멍한 눈으로 자우령을 응시하자 강철보다 단단해 보이는 주먹이 그의 머리통을 후려쳤다.

"미련하기가 제 아비보다 더하구나. 할애비란 말이다, 할애비. 앞으로 그 어르신이라는 말 대신 할아버지라고 불러라."

"······."

"싫으냐?"

자우령이 당장에라도 잡아먹을 듯 인상을 쓰며 물었다.

"아, 아닙니다, 할아버지."

"고놈 참, 입에 기름칠한 듯 자연스럽게 나오는구나."

핀잔 섞인 말을 던지면서도 자우령의 얼굴엔 어딘지 모르게 흐뭇한 표정이 묻어났다.

"그런데 말이지요, 할아버지."

유대웅이 의미심장한 미소를 지으며 자우령을 바라보았다.

"설마하니 손자가 하는 일을 모른 체하지는 않으시겠지요? 명색이 할.아.버.지.신데."

덩치에 어울리지 않는 영악한 표정의 유대웅을 보며 자우령은 다시 한 번 그의 머리통을 후려쳤다.

"에라이, 눈치없는 놈아. 그런 말은 나중에, 아주 나중에

해도 늦지 않는 것이다."

자우령의 반응에서 그가 거절하지 않는다는 뜻을 느낀 유대웅의 입이 좌우로 찢어졌다.

무림십강에 근접한 고수로 알려진 일도파산의 가세는 그야말로 천군만마와도 같은 것.

"흐흐흐흐."

머리통을 비비는 유대웅의 입에서 절로 웃음이 흘러나왔다.

*   *   *

수정동에서의 싸움 이후 일심맹의 공격은 더 이상 없었다.

추격을 뿌리치는 동안 비사도에서 탈출한 이들 중 두 명을 비롯해 청정채의 수적들이 상당히 목숨을 잃었다. 그나마 흑선에서부터 함께 한 노꾼들은 단 한 명의 부상자도 없었는데, 유대웅이 나름 철저하게 보호를 했고 그들은 애당초 싸움에 끼어들지 않았기에 가능한 일이었다.

그렇게 많은 희생을 치르고 마도하에 도착한 인원은 유대웅 이하 총 스물두 명이었다.

뇌초의 말대로 마도하는 입구에서부터 눈을 떼기 힘들 정도로 아름다운 풍경을 자랑했다. 또한 입구가 좁은데다가 크고 작은 수많은 협곡이 있어 몸을 숨기기엔 그만이었다.

"장소는 제대로 골랐구나. 이 정도면 놈들도 쉽게 찾아내지 못하겠어."

은거를 깨고 와호채에 합류한 자우령이 마도하의 장관에 경탄을 금치 못했다.

"다만 물길이 좁고 얕아 큰 배는 다닐 수 없겠다. 몸을 숨기고 힘을 키우기엔 적당한 장소로 보이나 밖으로 도약하기엔 다소 약점이 있어 보이는구나."

"어차피 한시적으로 머물 장소니까요. 뇌초."

"예, 채주님."

"힘을 키울 적당한 장소가 있나?"

잠시 생각에 잠기던 뇌초가 입을 열었다.

"마도하는 다시 삼청협, 진왕협, 장탄협으로 나뉩니다. 어느 곳도 상관은 없겠지만 혹시 모를 위험에 대비한다면 협곡이 가장 많은 진왕협이 좋을 듯싶습니다."

"진왕협이라… 그곳에 우리가 머무를 적당한 장소가 있을까?"

"예. 지금은 다들 떠나고 없으나 몇몇 화전민이 부락을 이루고 살던 곳이 있습니다."

"그리 가지."

마도하를 가장 잘 알고 있는 뇌초의 말에 유대웅이 동의를 하자 다른 이견이 있을 수가 없었다.

조그만 배 두 척에 나누어 타고 반 시진 정도를 더 이동해

진왕협에 도착한 일행은 적당한 곳에 배를 대고 뇌초의 안내를 받으며 화전민 부락을 찾기 시작했다.

뇌초의 말대로 인근에서 화전민이 머물던 흔적 몇 곳을 발견할 수 있었다.

유대웅은 그중에서 다소 좁기는 해도 협곡과 가장 가까이에 위치한 곳을 근거지로 결정했다.

그날부터 대대적인 공사가 시작되었다.

그래 봤자 제대로 된 도구도 없이 거의 맨손으로 하다시피 하는 공사였지만 그런 일에는 잔뼈가 굵은 이들이 대부분이었기에 생각보다 일의 진척은 빨랐다.

화전민들이 머물던 집터를 이용하여 닷새 만에 생활 공간을 확보하였고, 그사이 뇌초는 몇몇 수하를 이끌고 마도하에서 가장 가까운 대창(大昌)에서 생필품을 조달해 왔다.

조건은 날랜 수하들을 풀어 행여나 추격자가 없는지 정탐을 했는데 다행히 일심맹에선 아무런 움직임도 보이지 않았다.

그렇게 한 달이란 시간이 흘렀다.

이제 어느 정도 기반이 잡힌 와호채는 활기가 넘치고 있었다.

급조한 티는 여전했지만 그래도 번듯한 건물이 대여섯 채 지어졌고 창고에는 조건이 청정채의 모든 재화를 털어 조달한 물품들이 제법 쌓였다.

대창으로 물건을 조달하러 다니던 뇌초는 일심맹의 공격에 사라진 수채들의 동료들을 은밀히 수배했는데, 그 소식을 듣고 알음알음 찾아온 이들 덕에 와호채의 인원은 두 배로 불어나 있었다.

그들 중에는 현재 수적질을 하는 자들도 있었고 대창 뒷골목을 주름잡던 이들도 있었다.

거칠기 짝이 없는 이들이 합류했음에도 아무런 잡음이 나오지 않았다.

이는 와호채에 도착하자마자 시작되는 자우령의 혹독한 훈련 덕분이었다.

자우령은 자신이 몸담고 있는 와호채가 사실상 오합지졸들의 집합소라는 것을 용납할 수가 없었다. 무림을 호령하는 뭇 문파들의 제자만큼은 되지 않아도 와호채의 수하라면 최소한 어디 가서 부끄럽지 않을 정도는 되어야 한다는 생각에 매일같이 엄청난 훈련을 시켰다.

반항은 있을 수가 없었다.

자우령의 무시무시한 눈빛과 살벌한 기운은 애당초 그런 반항심을 가질 수 없도록 만들었다. 그들 또한 어쩌면 수적으로선 꿈도 꾸지 못할 무공을 익힐 수도 있다는 기대감에 부풀어 최선을 다해 훈련에 임했다.

와호채는 그렇게 하루가 다르게 변모하고 있었다.

와호채가 진왕협에 자리를 잡은 지 어느덧 육 개월이라는 시간이 흘렀다.

와호채 북쪽에 위치한 초가.

단출하게 지어진 유대웅의 처소에 와호채의 수뇌들이 모여들고 있었다.

"몸은 좀 어떠십니까?"

유대웅의 물음에 장우기가 어깨를 돌리며 대답했다.

"괜찮다. 이제 거의 다 회복했어."

"다행입니다."

"그래. 이제는 나도 한팔 거들 수 있을 것 같구나."

잃어버린 무공을 되찾느라 수련에 정진해야 했던 장우기는 홀로 백여 명이 넘는 수하들을 훈련시키는 자우령에게 늘 미안한 마음을 지니고 있었다.

"괜찮으시겠습니까?"

"괜찮다. 언제까지 모든 훈련을 자 선배에게만 맡길 수도 없는 노릇이고."

그때였다.

초가의 문을 활짝 열어젖히며 그동안 구릿빛 피부로 변해버린 자우령이 들어섰다.

"나는 상관없다."

유대웅이 권하는 자리는 쳐다보지도 않고 그냥 눈에 보이는 의자에 털썩 앉은 자우령이 장우기를 향해 입을 열었다.

"멀쩡하지 않은 몸으로 무리를 하다간 오히려 방해만 되는 수가 있어."

"그 정도까지는 아닙니다."

"그래? 몸 상태는 본인이 가장 잘 알겠지. 원하는 대로 하게."

"감사합니다."

장우기가 머리를 숙였다.

"감사는 무슨. 참, 그런데 요즘 일심맹의 동태는 어떠하더냐? 여전히 그 모양이더냐?"

자우령의 물음에 조건이 공손히 대답했다.

"예, 내분이 꽤나 오랫동안 지속될 것 같습니다."

"그래? 그래도 일심맹을 꿀꺽한 놈이라기에 뭔가 특별한 능력이라도 있을 줄 알았건만 결국 그 정도에 불과한 놈이었군."

자우령은 황우에 대해 거론하는 것 자체가 불쾌하다는 듯 인상을 찌푸렸다.

"그래도 저희에겐 얼마나 다행스런 일인지 모릅니다."

조건이 웃으며 말했다.

사실이 그랬다.

와호채가 진왕협에 자리를 잡은 이후, 조건은 일심맹의 동태를 살피느라 매일같이 노심초사했다.

그런데 어찌 된 일인지 일심맹은 아무런 움직임도 없었다.

아니, 엄밀히 말해서 그 어떤 때보다 맹렬히 움직이고 있었다. 단지 그토록 매섭던 추격전이 거짓말처럼 와호채에 대해선 전혀 신경을 쓰지 않는 것이었다.

내분의 원인은 모두 일심맹주의 욕심 때문에 벌어졌다.

일심맹주 황우는 부상으로, 그리고 관에 끌려가는 바람에 단주와 부단주를 잃은 청호당을 지난번 비사도를 탈출한 이들을 도왔다는 말도 안 되는 명목으로 무너뜨려 버렸다.

청호당의 수뇌들은 모조리 숙청되었고 수하들은 황우가 거느린 힘에 자연스레 흡수되었다.

이 일은 일심맹을 구성하는 수많은 수채들의 거센 반발을 불러왔다. 특히 일심맹 내에서도 발언권이 강했던 기문채와 연산채는 서로 연합하여 노골적으로 맹주와 척을 졌다.

그렇게 쌓이고 쌓인 불화는 황우가 기문채와 연산채를 일심맹의 주적으로 선언함으로써 폭발하고 말았으니 기문채와 연산채는 그 즉시 반 일심맹의 연합전선을 구축하고 일심맹의 위협에 무력으로 맞서 싸웠다.

한 번 충돌이 일어나자 싸움은 걷잡을 수 없이 번져 나가 매일같이 크고 작은 싸움이 일어났다. 하루에도 십수 명씩 죽어나가는 참극이 곳곳에서 벌어졌다.

그 피해는 고스란히 일심맹에, 그리고 그들이 장악하고 있는 물길을 이용하는 이들에게 전가되어 중경에서 의창으로 이어지는 삼협의 물길은 사상 유래가 없는 광풍에 휩싸여 있었다.

하지만 그런 혼란 속에서도 일심맹의 군사는 모습을 보이지 않았다.

그가 일심맹에 있었다면 애당초 이런 분란 자체가 없었을 터.

사람들은 혈사림이 무슨 이유로 일심맹의 군사를 그 오랜 시간 동안 돌려보내지 않는 것인지, 더불어 지금껏 황우를 지원하며 그의 지위를 확고히 해주다가 어째서 아무런 움직임도 보이지 않는 것인지 궁금해했지만 그 의문에 대답할 수 있는 사람은 아무도 없었다.

"어쨌든 그들과는 별개로 지금 우리는 내실을 다질 때입니다."

가볍게 주의를 환기시킨 유대웅이 자우령에게 물었다.

"훈련은 성과가 있습니까?"

유대웅의 물음에 자우령이 퉁명스레 대꾸했다.

"이제 시작인데 성과는 무슨. 몇 년은 굴려야 그래도 어느 정도 틀이 잡힐 게다."

하지만 훈련을 받는 수적들의 눈빛이 하루가 다르게 변하고 있다는 것은 와호채 사람이라면 누구나 알고 있었다.

"지금까지는 기초 훈련만 시켰는데 내일부턴 무공도 가르쳐 볼 생각이다. 제대로 소화할 수 있는 녀석이 몇이나 있을지 걱정이긴 하지만."

"파천신권을 익히는 건가요?"

유대웅이 얼마 전 자우령에게 건네준 거력패웅의 무공을 떠올리며 물었다.

"일부는. 솔직히 그 무공에 적합한 녀석은 얼마 없어. 아, 그러나 패천마공(覇天魔功)은 모두에게 익히게 할 생각이다."

"패천마공을요?"

"그래. 내력을 빨리 증진시키는 데 마공만큼 좋은 것은 없으니까. 정공과는 달리 분명 한계가 존재한다는 것이 조금 걸리기는 하지만 어차피 그 정도까지 바랄 수 있는 녀석도 없다."

수적들 중 가장 나이 어린 이가 이십을 넘겼다는 것을 상기한 유대웅이 쓴웃음을 지으며 고개를 끄덕였다.

"원하는 대로 하세요."

"그건 그렇고, 언제까지 이런 식으로 움직일 테냐?"

"예?"

다짜고짜 던지는 자우령의 말을 이해하지 못한 유대웅이 당황한 표정을 지었다.

"와호채를 언제까지 주먹구구식으로 이끌 생각이냔 말이다."

"……."

"와호채의 인원은 더욱 늘어나게 될 게다. 아니, 일심맹을 무너뜨리고 장강을 휘어잡으려면 필연적으로 늘어날 수밖에 없지. 그러자면 조직은 점점 거대해질 것이고 또한 세분화가 되어 온갖 잡무는 늘어날 수밖에 없다. 당장 생필품을 조달하느라 저 고생이지 않느냐?'

자우령이 때마침 저 멀리 수레를 이끌고 도착을 하는 뇌초 일행을 가리켰다.

"지금까지는 어찌어찌 버텼는지 몰라도 앞으론 곤란하다. 조직의 규모가 커지면 그만큼 적재적소에 인재가 필요한 법. 한데 아무리 둘러봐도 그런 인재는 보이지 않는구나. 생각해 보거라. 네 아비 곁엔 아비를 도와줄 인재가 꽤나 많았다."

순간, 유대웅은 물론이고 묵묵히 고개를 끄덕이던 장우기는 가장 먼저 용선채 채주 추광을 떠올렸다.

그가 없었다면 현재의 일심맹은 존재하지 못했을 것이라는 평가까지 얻어낼 정도로 추광은 대단한 지략가였다.

유대웅이 슬며시 장우기를 바라보았다.

"관둬라. 나란 인간도 부침이 많아 이런저런 경험은 많지만 머리를 쓸 줄 아는 위인은 아니다."

"저 역시 마찬가지입니다. 조그만 수채라면 모를까 그 이상은 어림없습니다."

유대웅의 시선이 자신에게 돌려지자 조건도 얼른 손사래를 쳤다.

"흠."

유대웅이 심각한 표정으로 생각에 잠겼다.

자우령의 말이 아니더라도 그 역시 최근 들어 같은 고민에 빠져 있었다.

최초 겨우 스무 명이 살짝 넘는 인원으로 시작한 와호채는 단 육 개월 만에 그 인원이 백여 명으로 늘어났고 지금도 매일같이 늘어나는 중이었다. 규모로만 따지면 장강에서도 중급 이상의 수채로 성장한 것이었다.

자연적으로 이런저런 문제점이 발생하기 시작했는데, 지금이야 처리를 하는 데 큰 문제가 없지만 앞으론 더욱더 어렵고 심각해지리라는 것은 불문가지였다.

당장 해결할 방법은 없었던 유대웅이 한숨을 내쉬며 말했다.

"고민을 조금 해봐야 할 것 같습니다."

"와호채의 미래를 생각한다면 그 무엇보다 우선적으로 해결해야 할 문제다."

자우령의 우려 섞인 말에 유대웅이 무겁게 고개를 끄덕였다.

'후~ 어쩐다.'

유대웅이 가만히 한숨을 내쉬었다.

순간, 그의 뇌리를 번개처럼 스치는 것이 있었다.

"하하하! 내가 왜 그 생각을 못했지?"

수뇌들이 자리를 박차고 일어나는 유대웅을 놀란 눈으로
바라보았다. 그러거나 말거나 유대웅은 와호채가 떠나가라
웃음을 터뜨렸다.

巫山三峡

第十五章
와룡숙(臥龍宿)

와호채는 물론이고 장차 장강을 경영할 인재를 찾아 은밀히 길을 떠났던 유대웅이 장강 중류의 큰 도시 구강(九江)에서 이십여 리 떨어진 곳에 위치한 명산 여산(廬山)에 모습을 드러낸 것은 해가 뉘엿뉘엿 지고 있는 늦은 오후였다.

　"조금 더 서두를 걸 그랬나?"

　서산마루에 걸린 해를 보며 유대웅이 인상을 찌푸렸다. 한 시가 급한 상황에서 자꾸만 시간을 허비하는 듯해 조바심이 들었다.

　"아서라. 괜히 서두르다 될 일도 안 된다."

　애써 마음을 편히 먹은 유대웅은 저 멀리 산자락에 은은히 모습을 드러낸, 천하의 모든 인재가 모여 있다는 와룡숙을 뒤로하고 인근 객점에 방을 잡았다.

"식사는 어찌할까요?"

방을 안내한 어린 사환(使喚)이 공손히 물었다.

"방으로. 술은 뭐가 있지?"

"원하시는 모든 술은 다 있습니다만 타지에서 오신 분들은 주로 양하대곡(洋河大曲)을 찾으십니다."

"양하… 대곡?"

유대웅이 처음 들어본다는 듯 말하자 사환이 놀랍다는 표정으로 재빨리 설명을 덧붙였다.

"양하대곡은 중원에서도 다섯 손가락 안에 드는 명주로 수수를 발효시켜 오랫동안 항아리에……."

유대웅은 사환의 말이 길어진다 싶자 인상을 찡그리며 말을 끊었다.

"됐고. 그럼 그거하고 적당한 안줏거리 준비해 봐. 아, 참고로 난 비린내 나는 건 질색하는 사람이니까, 물고기는 피하고."

"예? 예, 알겠습니다."

"아, 그리고 주문 끝내고 잠시 이리 올라와 봐. 물어볼 것이 있으니까."

동전 세 개가 탁자 위에 올라가는 것을 본 사환의 눈동자가 반짝거렸다.

사환은 번개 같은 동작으로 주문을 마치고 돌아왔다.

"무엇이 궁금하신지요?"

"와룡숙."

순간, 혹여 모르는 것이라도 묻는 것은 아닌지 걱정을 했던 사환의 얼굴이 활짝 펴졌다.

객점을 찾는 손님 중 워낙 많은 이들이 와룡숙에 대해 궁금해하는 터라 여산에 있는 객점의 사환이라면 와룡숙에 대해 완벽하게 숙지를 하고 있었다.

"에흠, 와룡숙에 대해 말씀드릴 것 같으면 지금으로부터 정확히 백……."

"그만."

유대웅은 쓸데없이 이야기가 길어질 것 같다는 생각에 다시금 사환의 말을 잘랐다.

"연원은 필요없고, 그냥 와룡숙이 어떻게 돌아가는지만 간단하게 말해봐."

"예, 예."

행여나 동전을 받지 못할까 걱정을 한 사환은 그가 아는 모든 지식을 동원하여 와룡숙을 설명하기 시작했다.

처음엔 그저 사전 지식이나 알아볼까 하고 가벼운 마음으로 듣던 유대웅은 사환의 말이 이어질수록 점점 놀라움을 금치 못했고, 더불어 와룡숙을 간다는 말에 장우기가 왜 이해할 수 없을 정도로 많은 돈을 챙겨주며 땅이 꺼져라 한숨을 내쉰 것인지 이해할 수가 있었다.

"그러니까 영입이 결정된 것도 아니고 그냥 교섭만 하는데에도 비용이 든단 말이냐?"

"예, 금자 다섯 냥이오. 아마 선금일걸요."

"교섭이 결렬되면 그냥 날리는 돈이고."

"예."

그뿐만이 아니었다.

단순히 학문을 익힌 자부터 정치, 경제, 군사 등 원하는 분야의 인재마다 그 기본 가격도 달랐다.

"돈에 미친 놈들이군."

모든 것이 돈에 의해 좌우된다는 것을 확인한 유대웅은 과연 자신의 선택이 옳은 것인지 깊은 회의감에 빠져들었다.

유대웅과 같은 반응을 보인 자들을 수도 없이 봐온 사환이 입가에 엷은 미소를 띠며 말했다.

"그래도 많은 사람들이 찾아와요. 그만큼 최고들만 있으니까요."

"최고라… 좋아, 가보면 알겠지."

사환에게 동전을 던진 유대웅은 그가 인재를 와룡숙에서 찾게 된 결정적인 이유, 와룡숙 출신이라는 일심맹의 군사운염이 펼친 끝없는 함정을 떠올리며 입술을 지그시 깨물었다.

*　　　　*　　　　*

"어서 오십시오. 제가 와룡숙의 제이총관 문정(文廷)입니다."

멋들어진 수염에 문사건을 단정히 쓴 중년인이 공손하지만 비굴하지 않은 태도로 금자 다섯 냥이란 거금을 강탈(?)당한 유대웅을 향해 정중히 인사했다.

유대웅이 살짝 고개를 끄덕였다.

빈정이 상한 것도 있었지만 굳이 자신의 신분을 밝힐 필요가 없다고 여긴 것이다.

유대웅의 삐딱한 태도에도 문정은 아무런 반응을 보이지 않았다. 지금껏 그와 같은 태도를 한 방문자를 수십, 수백 명 만나온 그는 능숙하게 감정을 조절했다.

"무슨 이유로 와룡숙을 찾으신 겁니까?"

"사람을 찾으러 왔습니다."

"어느 쪽의 인재를 찾으시는 건지요?"

"어떤 인재들이 있습니까?"

유대웅의 반문에 문정이 빙그레 웃었다.

"원하시는 모든 인재들이 있을 겁니다. 학문을 배우고자 하시면 제자백가부터 당금에 이르기까지 온갖 학문을 익힌 인재를 찾으시면 될 것이고, 상단을 꾸리신다면 경영에 달통한 인재를 찾으시면 됩니다. 세력을 키우고 싶으시면 지략이 뛰어난 인재를 찾으시면 될 것이고……."

문정이 잠시 말을 끊고 유대웅과 그가 들고 있는 초천검을 힐끗 바라보곤 말을 이었다.

"이 모든 것을 갖춘 인재를 얻으시면 천하를 노릴 수도 있을 겁니다."

"그런 인재가 있습니까?"

유대웅이 단도직입적으로 물었다.

"그건 저도 잘 모르겠습니다. 그런 인재를 찾으시는 것은 손님의 능력입니다. 저희들은 중간 역할만 할 뿐 인재를 고르고 선택하시는 것은 모두 손님들의 판단에 좌우합니다."

문정은 슬그머니 유대웅에게 책임을 미뤘다.

"그런 인재를 찾았을 때 제가 와룡숙에 지불해야 하는 비용은 얼마나 됩니까?"

"이십 냥부터 백 냥까지 다양합니다. 물론 금자입니다."

"……"

소개비로 떼이는 돈치고는 너무도 엄청난 액수에 유대웅은 할 말을 잃었다.

지난밤, 사환에게서 대충 이야기를 들었음에도 막상 와룡숙의 총관에게 직접 듣는 것과는 느낌 자체가 다른 것이다.

"자, 따라오시지요."

문정의 가벼운 발걸음과는 달리 유대웅은 떨떠름한 표정을 지으며 그의 뒤를 따랐다.

와룡숙은 생각보다 넓었다.

상주하는 인원을 감안했을 때 과하다 싶을 정도로 많은 건물들이 있었는데 그 모든 것이 와룡숙에 머물고 있는 인재들을 위한 시설들이란 말에 유대웅은 와룡숙이 어째서 그토록 돈에 집착하는지를 조금은 이해할 수 있었다.

시간 낭비하고 싶지 않았던 유대웅은 와룡숙 곳곳을 소개하려는 문정의 행보를 막고 그가 원하는 인재상을 단도직입적으로 말했다. 해서 도착한 곳이 바로 입구에서 가장 멀리 떨어진 비룡각이었다.

때마침 비룡각에선 진법 교육이 한참 진행 중이었는데 다들 안색이 좋지 않은 것을 보니 수업의 난이도가 꽤나 높은 것 같았다.

"운대 선생의 수업은 어렵기로 유명하지요."

"생각보다 인원이 많지 않습니다."

"그럴 수밖에요. 운대 선생님의 진법 수업은 와룡숙에서 오 년 이상 수학한 자들에게만 배울 수 있는 자격이 주어집니다. 참고로 와룡숙에선 최소한 칠 년 이상 수학을 해야 밖으로 나갈 수 있습니다."

"칠 년이라면 그 이전엔 초빙할 수 없단 말입니까?"

"아예 교섭 자체가 되지 않습니다."

유대웅이 이해할 수 없다는 표정을 짓자 문정이 자부심 가득한 표정으로 설명을 했다.

"최소한 칠 년은 수학해야 어디를 가더라도 와룡숙의 체면을 떨어뜨리지 않을 정도가 된다고 여긴 것이지요."

"그렇군요. 한데 저 친구도 이곳에서 칠 년을 보낸 것입니까? 생각보다 어린 것 같은데요."

유대웅이 비룡각의 맨 뒤에서 수업을 하는 대신 멍하니 창문 밖을 바라보는 청년을 가리키며 물었다. 순간, 문정의 낯빛이 곤란함으로 물들었다.

"험험. 나이는 어리나 그래도 어릴 적부터 나름 인재로 소문난 친구입니다."

"올해 몇이나 되었습니까?"

"열여덟입니다."

"열여덟이면 열세 살 정도에 와룡숙에 들어왔단 말이군요."

"아닙니다. 일곱 살에 들어왔습니다."

"예? 이, 일곱 살에 말입니까?"

유대웅은 진정 감탄한 표정이었다.

와룡숙의 명성이 대단한 만큼 많은 이들이 그곳에 들기를 원했고 자연적으로 입문 시험은 까다롭기가 과거를 보는 것 이상이란 말을 들었기 때문이다.

"일곱 살이면… 벌써 와룡숙에서 십일 년째라는 말인데. 어째서 저런 친구가 아직까지 남아 있는 거지요?"

"그게……."

문정이 땀을 삐질거리며 말끝을 흐리자 그제야 와룡숙에 들어선 이래 처음으로 후련한 감정을 느낀 유대웅이 기회를 놓치지 않고 몰아붙였다.

　"일곱 살에 이곳에 들어왔다면 대단한 천재라는 말 아닙니까? 그런 인재가 어째서 선택을 받지 못한 것인지 이해가 되지 않습니다. 이곳에 오는 사람들이라면 인재를 구하기 위해 혈안들일 테고 다들 바보들도 아닐 텐데요."

　"조, 조금 문제가 있습니다."

　문정의 음성이 살짝 떨렸다.

　"문제요?"

　"실력은 확실한데 저 친구와 교섭을 하는 대다수의 손님들이 화를 내며 자리를 뜨는 바람에……."

　"화를요? 무엇 때문에 화를 낸답니까?"

　"그, 그게, 잘 모르겠습니다. 손님들도 그렇고 저 친구도 그렇고 하나같이 입을 다물어서."

　"호오."

　그 말을 들으니 이상하게도 관심이 쏠렸다.

　때마침 그와 눈이 마주친 유대웅이 씨익 웃음을 지어 보였다.

　살짝 입꼬리를 말아 올린 청년이 마주 볼 가치도 없다는 듯 고개를 휙 돌려 버렸다.

　"저놈이!"

"예?"

"아, 아닙니다."

벌게진 얼굴로 고개를 흔든 유대웅이 청년을 살짝 노려보다 입을 열었다.

"저 친구 좀 불러주시죠."

"원하신다면 불러는 주겠지만… 재고해 보는 게 어떨까요?"

"예?"

"지금껏 많은 사람들이 저 친구를 원했지만 실패했습니다. 손님께만 말씀드리지만 솔직히 다른 이들에 비해 실력이 떨어질 수도 있습니다."

"그건 또 무슨 말입니까?"

"열다섯이 되던 해부터 이상하게 성적이 떨어지더니 모든 시험에서 최하점을 받고 있습니다."

"이유가 뭐랍니까?"

"본인이 아니니 명확히 알 수는 없지만 다들 천재병이라 여기고 있습니다."

"천재병이오?"

"예, 게으른 천재. 어릴 적부터 천재성을 발휘한 이들 중 마지막까지 성공을 하는 사람은 극히 드뭅니다. 자기 실력에 자만한 나머지 게으름을 피우다 도태되고 마는 것이지요. 일찍 핀 만큼 일찍 진다고나 할까요."

"저 친구도 그렇다는 겁니까?"

"그리 예상하고 있습니다."

"흠."

잠시 갈등을 하던 유대웅은 스스로도 인식하지 못하는 사이 자꾸만 청년에게 눈길을 주다 결국 결정을 내렸다.

"한 번 보죠."

"알겠습니다."

이미 한 번 말린 것으로 자신이 할 일은 다 했다고 여기는 문정은 두말하지 않고 고개를 끄덕였다.

"한데 저 친구의 이름은 뭡니까?"

"장청(張靑)이라 합니다. 본인 말로는 장량의 사십육대손이라고 하는데 이곳에 장량의 후손이라 자처하는 이들만도 열이 넘으니 크게 염두할 사항은 아닙니다."

문정은 가볍게 웃으며 한 말이지만 듣는 유대웅은 웃을 수가 없었다.

'장량의 후손이라…….'

다시금 청년에게 시선을 보내는 유대웅의 눈길은 참으로 묘한 느낌을 품고 있었다.

접견실에 나타난 장청은 생각보다 왜소한 체격을 지니고 있었다. 비룡각에서 보았을 때도 작다고 생각은 했지만 막상 눈앞에서 보게 되자 더 작아 보였다.

"그렇잖아도 계집애 몸 같다는 말은 많이 듣고 있으니 그런 눈길은 사양하겠습니다."

장청이 퉁명스레 입을 열더니 유대웅과 마주 앉았다.

"저를 보자고 하셨다고요?"

"그래."

자연스런 하대에도 장청은 별다른 반응을 하지 않았다.

"돈이 많은 모양이군요. 이렇게 헛되이 쓸 여유도 있고."

"아니, 많지 않다. 그러니까 한 푼도 헛되이 쓸 수 없고."

"헛되이 쓸 것 같네요."

"그거야 두고 보면 알 일이지."

"글쎄요. 아무튼 얘기나 들어보지요. 나 같은 놈을 데려다 가 무엇에 쓰려고 하는 겁니까?"

"그전에 하나만 물어보자. 장량의 후예라는 말이 있던데, 사실이냐?"

"장씨라면 다 장량의 후손이라 떠들어대고 다니곤 하지 요."

장청이 대수롭지 않게 대답하자 유대웅이 정색을 하고 다 시 물었다.

"정확하게. 네가 장량의 후손이 맞는지 궁금하다."

가만히 유대웅을 응시하던 장청이 고개를 끄덕였다.

"사십육대손입니다. 믿을지 모르겠지만 직계지요."

크게 반색을 한 유대웅이 탁자를 탁 치며 일어났다.

"좋군."

장청이 미간을 찌푸리며 대체 무엇이 좋다고 하는 것인지 의문을 가질 찰나, 유대웅이 활활 타오르는 눈길로 그를 바라보았다. 그리곤 단도직입적으로 말을 했다.

"난 장강을 먹으려고 한다."

"……."

"지금은 단순한 꿈이지만 언젠가는 반드시 이룰 꿈이기도 하지. 난 네가 그 꿈에 동참해 줬으면 한다."

유대웅의 전신에서 뿜어져 나오는 압박감에 잠시 호흡 곤란을 겪었던 장청이 겨우 정신을 수습하고 대꾸를 했다.

"장강이 내가 알고 있는 장강이 맞습니까?"

"맞다."

"그러니까 나보고 지금 수적이 되란 말이군요?"

"정확히 말하자면 수적이 아니라 수적들의 군사가 되란 말이지."

유대웅이 씨익 웃으며 말했다.

"어차피 그게 그거 아닙니까?"

"하지만 지금처럼 아무나 약탈하고, 목숨을 빼앗고, 장강의 물길을 어지럽히는 그런 버러지 같은 수적은 아니다. 그런 짓은 생각도 해본 적이 없다. 애당초 내가 이 길을 가려고 하는 것도 그런 수적들을 모조리 작살내기 위함이니까."

"훗, 정의의 사도가 되기 위해 수적이 되었단 말입니까?"

"그렇게 거창한 이유까지는 아닐지 몰라도 비슷은 하다."

"하지만 장강만큼 험한 곳도 없습니다. 단순히 수적들만 날뛰는 것 같아도 자세히 들여다보면 온갖 문파들의 알력이 존재하는 곳이 바로 장강이지요. 그만한 힘이 받쳐 주지 않으면 감당하지 못할 텐데요."

"말했다시피 지금 당장은 불가능할지 모른다. 그러나 부족한 것은 천천히 준비하면 돼."

"하면 다른 방향으로 묻지요. 본인이 그만한 능력이 된다고 생각합니까?"

"물론 부족하다. 그래도 꿈을 꿀 정도의 능력은 지녔다고 자부한다."

유대웅이 초천검의 손잡이로 가슴을 탕탕 치며 말했다.

순간, 장청의 눈빛이 번득였다.

그것을 눈치채지 못한 유대웅이 말을 이었다.

"내 꿈에 한 번 너의 운명을 걸어봐라. 장담컨대 후회하지는 않을 것이다."

"……."

유대웅의 말에 아무런 대꾸도 하지 않은 장청의 시선은 오직 초천검의 손잡이에 고정되어 있었다.

유대웅과 그가 들고 있는 초천검을 번갈아 바라보며 깊은 침묵을 지켰다.

유대웅은 장청이 선택의 기로에 선 것이라 여기곤 그의 생각을 방해하지 않기 위해 입을 다물었다.

장청이 입을 연 것은 거의 일각이나 지난 뒤였다.

"뭐 하나 물어도 되겠습니까?"

"무엇이든지."

입술을 꽉 깨문 장청이 초천검을 가리키며 물었다.

"그 검, 초천검입니까?"

"헛!"

초천검을 놓칠 정도로 놀란 유대웅이 두 눈을 부릅뜨며 장청을 응시했다.

"제 예상이 맞는 모양이군요. 그렇게 놀랄 것 없습니다. 말씀드리지 않았습니까, 제가 장량 선조님의 직계손이라고."

"하면 그분이……."

"예. 오직 적장자에게만 은밀히 내려오는 비밀이지요. 초천검을 얻은 것을 보니 선조님의 흔적을 찾은 모양이군요."

"우, 우연히."

유대웅은 여전히 충격에서 헤어 나오질 못하고 있었다.

"어디에 계셨습니까?"

"장가계에."

"역시, 그랬군요."

"그분의 후예라면서 어째서 모르지?"

"우리는 그분의 마지막을 모시지 못했으니까요. 행여나 후손 중에 초천검과 패왕의 힘을 탐내는 자가 있을지 경계하셨던 모양입니다. 아, 그런데 패왕의 힘도 얻으신 겁니까?"

유대웅이 고개를 끄덕였다.

"그랬군요!"

장청이 탄성을 내뱉었다.

부럽다거나 아쉬워하는 반응이 아니었다. 말 그대로 오랫동안 묻힌 전설과 마주하게 된 것에 대한 순수한 감탄이었다.

"그런데 이 검이 초천검인지는 어찌 알았지?"

"초천검의 손잡이에 새겨진 불꽃 무늬 때문에요."

"불꽃 무늬?"

유대웅이 초천검의 손잡이를 살폈다.

장청의 말대로 불꽃 무늬가 새겨져 있기는 하였지만 그렇게 특이하게는 보이지 않았다.

"그렇게 봐도 모를 겁니다. 오직 우리 직계들만 알아볼 수 있는 배열이 있거든요."

"그렇… 군."

"아무튼 초천검에 패왕의 힘이라… 장강을 욕심낼 만하네요."

"다시 말하지만 내 욕심 때문은 아니다. 수적이 될 생각은 없었어. 단지……."

정색을 한 유대웅이 일심맹과 자신과의 관계에 대해 간략하게 설명했다.

더불어 화산파와의 인연까지도 언급을 했는데, 이는 자신의 모든 것을 솔직히 드러내고 장청을 얻고 싶다는 의지의 표현이었다.

"화, 화산검선께서 사부님이시란 말입니까?"

유대웅이 패왕의 무공을 얻었다는 말을 들었을 때도 나름 태연한 신색을 유지하던 장청이 유대웅이 화산검선의 제자라는 말에는 기겁할 정도로 놀라고 있었다.

"화산파의 제자가, 그것도 당금 천하제일인이라 일컬어지는 분의 제자께서 수적의 길을 걷겠다고 하는 겁니까, 지금?"

"그래."

"화산파에서 용납을 하겠습니까?"

"사부님도 대충은 아시지."

"하!"

상식적으로 도저히 이해가 되지 않는 유대웅의 말에 장청은 뭐라 말을 할 수가 없었다.

"자, 서로에 대해 알 만큼 안 것도 같고 이제는 선택할 일만 남은 것 같은데."

"……"

장청이 쉽게 결정을 내리지 못하자 유대웅이 그의 양쪽 어깨를 꽉 움켜쥐었다.

"다시 말하지만 단순한 수적이 아니다. 장차 장강을, 아니, 무림을 호령할 수 있는 세력을 키워보자는 말이야."

장청이 고개를 들었다.

유대웅의 눈에서 불꽃이 일었다.

그 불꽃이 장청의 눈을, 가슴을 파고들었다.

결정은 이미 한참 전에 내려져 있었다.

"하죠."

"뭐라고?"

"한다고요. 까짓 한번 놀아보죠."

"잘 선택했다."

유대웅이 장청의 허리통만 한 팔뚝으로 그를 번쩍 안아 들었다.

"대신 한 가지는 알아야 할 겁니다."

"뭔데?"

"그 꿈, 쉽지 않다는 것은 알지요? 죽을 각오를 해야 할 겁니다."

유대웅의 입가에 진하디진한 미소가 지어졌다.

"죽을 각오? 뭘 모르는구나. 난 이미 몇 번의 죽음을 경험한 사나이야."

"후~"

유대웅의 자신감 넘치는 모습을 보며 장청은 어쩌면 자신의 선택을 후회할지도 모른다는 불길한 예감에 사로잡혔다.

장청이 유대웅을 따르기로 결정한 직후, 그는 자신에게 사흘의 시간을 달라고 요구했다.

흔쾌히 허락을 한 유대웅은 와룡숙에 금자 열 냥을 지불하고 머물던 객점으로 돌아왔다.

원래 비룡각에서 수학하는 인재를 얻을 경우 최소한의 비용이 금자 삼십 냥이었지만 와룡숙에선 계륵과도 같은 존재였던 장청이 사라지는 것만으로도 만족해하는 상황이었다.

장청은 그가 요구한 대로 사흘이 되던 날 밤 객점으로 유대웅을 찾아왔다. 짐이라고는 옷가지 몇 개와 책 두어 권이 전부였다.

"왔어?"

유대웅이 반색을 하며 장청을 반겼다.

"예, 주군."

장청이 격식을 차리며 허리를 꺾자 유대웅이 얼굴을 확 구겼다.

"또. 그 주군이란 말 쓰지 않기로 했잖아."

"하지만……."

"내가 군사를 얻은 기념으로 내린 첫 번째 명령임을 잊었어? 앞으로 다시는 주군이란 말 쓰지 마. 그냥 형님이라고 불러."

명령이라는 말에 장청은 어쩔 수 없다는 표정으로 고개를 끄덕였다.

"알겠습니다."

"앉아. 그렇잖아도 지금쯤 올 것 같아서 미리 음식을 주문

해 뒀어. 술은 할 줄 알지?"

"예."

"자, 받아."

유대웅은 장청에게 술잔을 건네며 하나 가득 따랐다.

장청은 석 잔의 술을 마신 다음에야 비로소 유대웅에게 술잔을 건넬 수 있었다.

그렇게 몇 번씩 술잔이 오가고 어느 정도 취기가 오를 즈음 유대웅이 물었다.

"그런데 뭣 때문에 사흘이란 시간을 달라고 한 거야?"

꽤나 많은 술을 마셨음에도 한 치의 흐트러짐 없이 앉아 있던 장청이 조용히 대답했다.

"와룡숙에는 세상 사람들이 알지 못하는 온갖 정보가 쌓여 있습니다. 가히 천하제일의 정보를 지니고 있다는 개방에 못지않지요. 그 정보들을 이용해서 앞으로의 계획에 대해 조금 생각해 보았습니다."

"그래? 어떤 계획인데?"

유대웅이 호기심을 참지 못하고 물었다.

"말씀을 드리기 전에 우선 묻겠습니다. 주… 아니, 형님께서 원하시는 와호채의 형태는 어떤 것입니까?"

"어떤 형태라니?"

"힘을 키우는 방법에는 간단하게 두 가지가 있습니다. 첫 번째는 모든 수채들을 흡수 통합한 뒤 각 지역에 분타를 세우는 것이고, 두 번째는 각 수채의 고유한 영역을 보장해 주며 동맹 형식으로 이끌어가는 것입니다. 참고로 황하련이 전자와 같고 녹림십팔채는 후자의 방식을 채택하고 있습니다."

"당연히 후자지. 장강의 그 많은 수채들을 언제 다 흡수 통합하고 있어. 그러다 좋은 세월 다 보내지."

유대웅이 약간은 장난 섞인 표정으로 말을 하자 장청 역시 동의를 표하며 말을 이었다.

"그래도 확실히 힘의 우위는 가져갈 필요가 있습니다. 함부로 배신이나 반란을 꿈꿀 수 없도록 말이지요."

"그야 당연한 것이고. 그런데 그건 우리가 장강을 휘어잡을 수 있을 만큼 강한 힘을 지녔을 때나 해당되는 말이잖아. 잊었어? 당장은 일심맹의 위협도 힘에 부친다고. 지금이야 저리 치고받고 싸우고 있지만 언제까지 그러리란 보장도 없고."

"그건 걱정하지 마세요. 일심맹은 당분간 운신의 폭이 확 좁아질 테니까."

"일심맹이? 왜?"

"내분으로도 힘든데 얼마 전엔 어느 수채인지는 확인 못했지만 아무튼 황제께 가는 진상품을 털었답니다. 명색이 진상품인데 관부에서 가만히 있을 리가 없지요. 한동안은 시끄러울 겁니다."

"쯧쯧, 똥오줌 못 가리고 그 난리를 피우더니만. 네 말대로 한동안은 납작 엎드려 있겠군. 어쩌면 우리에겐 더없는 호기가 되겠어. 빨리 돌아가서 상의를 좀 해봐야겠는데."

"아니요. 형님은 지금 저와 가실 곳이 있습니다."

"어디를?"

"인재를 얻으러요. 그것이 사흘간 제가 세운 계획의 첫 번째 행보라 보면 될 겁니다."

"누군데?"

"가보시면 압니다. 하지만 이것 하나는 장담할 수 있습니다. 그 수가 많지는 않지만 그들을 얻는다면 형님과 저의 꿈이 최소한 몇 년은 당겨질 수 있다는 것을요."

"호~ 그 정도까지."

호기심이 무럭무럭 솟았지만 유대웅은 굳이 더 묻지 않았다. 때가 되면 자연스레 알 수 있다는 생각 때문이었다.

대신 그동안 묻고 싶어 입이 근질근질하던 질문을 던졌다.

"그런데 군사야."

"예, 형님."

"일전에 말했잖아. 일심맹의 군사도 와룡숙 출신인데 그 인간 때문에 꽤나 고생했다고."

"그랬지요."

"지금은 혈사림에 머무는 모양인데 언젠가는 일심맹으로 돌아올 거다. 그놈, 잡을 수 있겠지?"

"왜요? 불안하십니까."

"아니, 나야 믿지. 다만 총관인가 뭔가 하는 인간한테 들으니 그간 네 성적이……."

장청이 가볍게 술을 들이켜며 미소를 지었다.

"낙제라고요? 걱정하지 마세요. 그건 더 이상 배울 것도 없고 무료하기만 해서 그런 것이니까요. 어차피 일심맹과는 곧 부딪치게 되어 있으니까 조금만 더 기다려 보시지요. 그때 잘근잘근 밟아주겠습니다, 이자까지 쳐서."

"마셔."

술을 권하는 유대웅의 얼굴에 사이한 미소가 지어졌다.

第十六章
인재(人材)를 구하다

"살수라고?"

육포를 질겅질겅 씹던 유대웅이 상당히 놀란 표정으로 물었다.

지난 한 달 동안 대부분 실패를 하고 겨우 수하로 얻은 인재는 고작 셋.

출신도 다양하여 한 명은 군문 출신이었고 다른 한 명은 표두였으며 나머지 한 명은 몰락한 상단의 후손이었다.

한데 마지막이자 지금껏 만나온 모든 이들을 합친 것보다 중요하다고 강조한 인재가 살수라니. 생각도 못한 것이었다.

"전직 살수라고 할 수 있지요."

"그거나 저거나. 한데 어째서 살수를 영입할 생각을 한 거지?"

유대웅의 물음에 장청이 주저없이 대답했다.

"우선 그에 대해 간단히 설명을 할 필요가 있을 것 같습니다. 이름은 마독(馬毒). 나이는 정확히 알지는 못하지만 대략 육십 중반으로 알려져 있습니다. 그가 우두머리로 있던 은영문(隱影門)은 그 규모는 크지 않지만 압도적인 성공률로 인해 호북의 살곡(殺谷), 광동의 은환살문(隱幻殺門)과 더불어 무림의 삼대 살문으로 불리고 있습니다."

"난 처음 들어보는데."

"제대로 알려지지 않아서 그렇습니다. 하지만 알 만한 사람은 다 알지요. 살곡이나 은환살문의 목표가 되면 구명할 방법이 있지만 은영문의 목표가 되는 순간 생의 미련을 버려야 한다는 것을요."

"꽤나 지독한 집단인 모양이군."

아무래도 살업으로 명성을 얻었다고 여긴 것인지 유대웅의 인상은 가히 좋지 않았다.

"그만큼 철저하게 준비를 하니까 지독하다고도 여길 수도 있습니다. 하나, 그럼에도 불구하고 여타 살문과 은영문에 대한 세간의 인식은 조금 다릅니다."

"다르다니? 사람을 죽이는 살수들이 뭔 차이가 있다고?"

"그리 따지면 형님이나 와호채 또한 그저 한낱 수적이요,

수적 집단에 불과하지 않습니까?"

"우리는……."

"다르다고요? 형님만 그리 주장한다고 그리되는 것은 아니지요. 사람들이, 언제나 냉정한 눈길로 바라보고 손가락질하는 이들이 그것을 인정해 줄 때 비로소 다른 수적들과 차이가 생기는 법입니다. 은영문이 바로 그렇습니다. 그들이 비록 살업으로 명성을 쌓았지만 지금껏 단 한 번도 명분을 잃은 적이 없습니다. 그들의 목표가 되는 이들은 하나같이 죽어 마땅하다는 평을 받는 자들뿐이었으니까요. 심지어 그들의 살행을 기다리며 환호하는 이들까지 있을 정도입니다."

뭐 묻은 개가 재 묻은 개를 나무란다고 유대웅은 부끄러움에 얼굴을 들지 못했다.

"미안하다. 내 생각이 짧았다."

유대웅은 자신의 태도에 변명하거나 두루뭉술 넘어가는 체질이 아니었다.

깔끔하게 사과를 하는 유대웅을 보며 장청은 입가에 미소를 지었다.

잘못에 대해 그 즉시 인정을 하고 사과를 하는 그의 태도에서 와호채의 밝은 미래가 보였기 때문이었다.

"그런데 이거 괜한 걸음 하는 거 아냐? 그런 대단한 사람이 뭐가 부족하다고 내 밑으로 들어와."

"세상에 완벽한 사람은 없는 법입니다. 누구든 약점 하나

쯤은 가지고 있지요."

"뭐야? 그럼 약점을 가지고 협박을 할 생각이야?"

"설마요. 그 즉시 목이 떨어질 텐데요. 어림없지요."

장청이 자신의 목을 쓰윽 만지며 고개를 가로저었다.

"하면 대체 무슨 방법으로 그를 얻을 생각인데?"

장청은 대답 대신 유대웅의 얼굴을 물끄러미 바라보았다.

시선에 부담을 느껴서인지 유대웅이 슬며시 몸을 빼며 물었다.

"왜?"

"사실 이번 계획은 형님이 아니라 형님의 사부님께서 도움을 주셔야 됩니다."

"사부님이?"

"예."

"내 일에 사부님이 연관되는 것은 싫다."

그렇잖아도 마음속으론 늘 죄송한 마음을 품고 있는 유대웅은 화산검선이 개입되어야 한다는 말에 단호히 고개를 저었다.

"사람을 구하는 일입니다. 그리고 어쩌면 화산파에도 큰 도움이 될 수도 있는 일이고요."

"그건 또 무슨 말이야?"

유대웅의 미간이 잔뜩 일그러지자 장청이 서둘러 말을 이었다.

"마독에겐 말년에 얻은 손녀가 있는데 올해 나이 열여덟입니다. 참고로 부모는 없습니다."

"그런데?"

"그녀에게 병이 있습니다. 세상 사람들이 소위 말하는 불치병이지요. 마독이 제자에게 은영문을 넘기고 은거한 이유가 바로 그 때문입니다."

"병을 치료하기 위해서?"

"그렇습니다. 하지만 치료가 쉬웠으면 불치병이라는 말을 듣지는 않았을 겁니다. 최고의 의가라는 성수의가(聖手醫家)에서도 상세를 호전시키지 못했습니다."

"허, 성수의가에서도 고치지 못했다면 끝났군. 상심이 크겠어."

무림에서 가히 독보적인 명성을 지닌 성수의가에서 포기한 병이라면 사실상 고치지 못한다고 해도 과언은 아니었다.

"그렇겠지요. 그래도 소득이 아주 없는 것도 아니었습니다. 그녀가 앓고 있는 병의 정확한 명칭을 알 수 있었거든요. 혹시 들어보셨는지는 모르겠습니다. 칠음절맥(七陰切脈)이라고."

"칠음… 절맥?"

유대웅이 두 눈을 휘둥그레 뜨며 물었다.

"예, 칠음절맥. 마독의 손녀는 바로 칠음절맥을 앓고 있습니다. 이 병에 걸리게 되면 보통 십오 세 이전에 요절한다고 하지요. 그런데 그녀는 아직까지는 목숨을 부지하고 있습니다. 물론 성수의가에서도 큰 도움을 주었겠지만 조부인 마독의 눈물겨운 노력이 있었기에 가능한 것입니다. 하나, 그 또한 한계가 있어서 최근 들어 병세가 급격히 악화되고 있습니다."

"그랬군."

"칠음절맥은 말 그대로 몸 안에 과도한 음기가 축적되어 발생하는 것으로……."

장청의 칠음절맥에 대한 설명은 한참이나 이어졌지만 그 내용마다 어찌나 놀랍고 새로운지 유대웅은 조금도 지겨운 기색을 보이지 않았다.

"…그렇게 칠음절맥은 정말 고치기 까다로운 병이라 할 수 있습니다."

"그렇군. 듣기만 해도 끔찍해."

고개를 끄덕이던 유대웅은 문득 이상한 생각이 들었다.

"그런데 칠음절맥이 사부님, 화산과는 무슨 관계가 있다는 것이지?"

그제야 본론을 꺼낼 때가 되었다고 여긴 장청이 심호흡을 했다.

"불치병이라 알려진 칠음절맥도 치료할 방법이 있기는 있습니다. 단지 그 과정이 사실상 불가능하다고 하여 불치병이라 여겨지는 것뿐."

유대웅이 손짓으로 얼른 설명하라 재촉했다.

"칠음절맥을 치료하기 위해선 금침대법(金針大法)으로 환자의 기경팔맥과 십이경락을 일시에 제압한 뒤 그곳에 양기를 흘려보내 자연스럽게 음양의 조화를 맞추어야 합니다."

"생각보다 쉽군."

유대웅의 반응에 장청은 어이가 없다는 표정을 지었다.

"쉬울 것 같습니까? 세상천지에 기경팔맥과 십이경락을 일시에 제압할 수 있는 침술을 지닌 자가 몇이나 될 것 같습니까? 게다가 하늘이 내린 천형 칠음절맥의 음기가 어디 보통 음기인 줄 압니까? 최소한 무림십강이나 그에 버금가는 고수는 되어야 그 음기와 싸울 수 있을 겁니다."

"그, 그 정도나?"

"예. 고작 그 정도입니다."

답답함에 가볍게 핀잔을 준 장청이 말을 이어갔다.

"성수의가를 통해서 치료법을 전해 들은 마독은 이후 은밀하게 방법을 찾았습니다. 소림과 무당에 손녀의 치료를 타진한 겁니다."

"여전히 저러고 있는 것을 보니 실패한 모양이군."

"실패라기보다는 아예 시도 자체를 거절당했습니다. 몇몇 이유가 있었지만 사실상 마독이 은영문의 문주라는 것이 문제였던 모양입니다."

"다른 살수단체와는 다르다며?"

"오로지 자신들만이 정파요, 정도라고 판단하는 그들에겐 어차피 똑같아 보였겠지요."

장청은 핑계 같지도 않은 핑계로 한목숨을 외면한 무당과 소림을 향해 조소를 보냈다.

"절망한 마독은 다른 세력에게도 은밀히 의사를 타진했던 모양입니다만 이내 뜻을 거두고 말았습니다."

"어째서?"

"다들 손녀의 능력만을 탐했거든요."

"손… 녀? 아! 칠음절맥."

"예. 칠음절맥을 타고난 사람은 비록 어린 나이에 요절을 할 운명이지만 그 운명을 극복하는 순간, 천하의 그 누구도 비견할 수 없을 정도로 뛰어난 능력을 발휘하게 됩니다. 하여 다들 그 능력만을 노골적으로 노렸던 모양입니다. 결국 마독은 손녀를 노리는 적들을 피해 이곳에 은거하게 된 것입니다."

"은거라고 해도 네가 알 정도면 다른 자들도 알 것 아냐?"

"물론이지요. 다만 함부로 움직이지 못하는 것이 그들 역시 은영문이 지닌 힘을 알기 때문이지요. 구태여 전력을 낭비할 필요는 없으니까요. 또한 지금이야 거절을 했지만 손녀의 죽음을 견디지 못한 마독이 결국은 자신들의 의사에 따라 움직이리란 생각으로 여유를 가지고 지켜보는 것입니다."

"쯧쯧, 한심한 인간들 같으니."

유대웅은 먹이를 노리는 승냥이 떼처럼 행동하는 세력들의 행태를 못마땅해하며 혀를 찼다. 그리곤 장청이 어째서 사부와 화산파를 거론한 것인지 이해를 했다.

"그러니까 그 아이를 사부님께 보내잔 말이군."

"예."

"그런데 마독이란 사람은 어째서 화산파엔 손녀의 치료를 맡길 생각을 하지 않았지?"

"소림과 무당에서 거절을 당한 상태라 화산파도 같은 반응을 보일 것이라 지레짐작한 것 같습니다."

"그럴 수도 있겠네. 아무튼 좋아. 사부님의 성정이라면 분명 외면하진 않으실 거다."

"어쩌면 화산도 소림과 무당과 같은 이유로 거절할 수도 있습니다."

장청이 조심스레 말했다.

"아니, 그럴 일은 없어. 다른 자들이야 펄쩍 뛸 수도 있겠지만 내가 아는 사부님이라면 오히려 펄쩍 뛰는 인간들에게 호통을 치실 분이야. 다만 침술이 뛰어난 사람이 화산에 있을는지 모르겠다."

"그건 마독이 해결해야 할 문제입니다. 아마도 성수의가와 미리 얘기가 되었을 겁니다."

"그래? 그럼 다행이고. 아무튼 일단 가보자고."

유대웅은 손에 남은 나머지 육포 조각을 모조리 털어 넣고

질겅질겅 씹으며 걷기 시작했다.

＊　　　　＊　　　　＊

"그걸 지금 믿으란 말이냐?"

전직 은영문의 문주답지 않게 온화한 표정을 지니고 있던 마독.

하나, 차갑게 노려보는 눈빛 하나만큼은 간담이 서늘해질 정도로 날카롭고 매서웠다.

"믿으십시오. 저희가 거짓말을……."

장청의 말은 이어질 수가 없었다. 곁에 있던 유대웅이 다짜고짜 초천검을 들었기 때문이었다.

"비켜봐. 쓸데없이 이야기만 길어지겠다. 때로는 백 마디 말보다 한 번의 행동이 확실한 법이야."

장청을 옆으로 밀어낸 유대웅이 마독을 공격했다.

냉소와 함께 가볍게 몸을 피한 마독도 검을 빼들었다.

일반적인 검과는 조금 다른 형태였는데 마치 꼬챙이와 같은 것이 찌르기에 최적화된 것처럼 보였다.

"하하하! 자, 어디 한번 막아보시구려."

호탕하게 웃은 유대웅이 난화보의 보로에 따라 몸을 움직이며 마독을 압박했다.

그가 사용한 무공은 화산파를 대표한다고 할 수 있는 매화삼십육검이었다.

위력만 따지자면야 매화십이검이 한 수 위였지만 매화십이검은 아직 세간에 알려지지 않은 터라 굳이 매화삼십육검을 사용할 수밖에 없었다.

"무식한 놈 같으니!"

마독은 집 안에서 거대한 검을 휘둘러 대는 유대웅의 단순함에 불같이 화를 내면서도 몸을 뒤로 뺄 수밖에 없었다. 정면으로 부딪쳐 봤자 집만 박살날 터였다.

마독의 움직임은 물 흐르듯 부드러웠다.

한데 유대웅도 그에 못지않으니 마독은 자신의 움직임을 따라오는 유대웅의 속도에 깜짝 놀랐다.

쾅!

초천검이 무지막지한 힘으로 마독의 검을 후려쳤다.

"크윽!"

마독의 입에서 절로 신음이 터져 나왔다.

상상할 수도 없는 힘이었다.

손아귀에서 어깨까지 울리는 저릿저릿한 느낌에 정신이 번쩍 들었다.

정면으로 싸워선 도저히 감당할 수 없는 상대라는 것을 본능적으로 느낀 마독의 몸이 흔들렸다.

그것이 은영문의 살수라면 누구나 익히고 있는 환영비(幻影飛)임을 알 길 없는 유대웅은 순식간에 십여 명으로 늘어난 마독이 사방으로 흩어지는 것을 막아내지 못했다.

그중 대여섯의 신형이 초천검에 걸려 흔적도 없이 사라졌지만 그것이 단순한 환영이라는 것을, 이제 곧 마독의 반격이 시작될 것이라는 것을 유대웅은 알고 있었다.

쉬릭!

날카로운 파공성과 함께 유대웅의 몸이 반사적으로 돌아갔다.

허공에서 갑작스레 나타난 검이 일직선으로 그의 목을 노리며 짓쳐들었다.

유대웅은 당황하지 않고 사선으로 늘어뜨리고 있던 초천검을 위로 쳐올리며 검을 막아내고 그 여세를 몰아 역공을 펼쳤다. 하지만 마독의 신형은 이미 사라지고 없는 상태였다.

'과연 장청이 입에 침이 마르도록 칭찬할 만한 실력이군.'

절로 감탄이 나왔다.

유대웅은 전신의 감각을 극도로 끌어올렸음에도 마독의 기척을 감지하지 못하자 그의 실력을 인정할 수밖에 없었다.

화산에서도 그의 이목을 피할 수 있었던 고수가 거의 없었다는 것을 감안하면 마독의 은신술은 실로 대단한 것이었다.

'그렇다고 이대로 물러날 수는 없지.'

유대웅이 귀원신공을 극성으로 끌어올리기 시작했다. 그리곤 마독의 존재 유무와는 상관없이 홀로 검을 움직이기 시작했다.

매화난비(梅花亂飛)를 시작으로 하여 매화비류(梅花飛流), 매화조하(梅花朝霞)로 이어지는 매화삼십육검이었다.

주변에 한바탕 일진광풍이 불어닥쳤다.

유대웅의 짙은 머리카락이 바람에 흩날리고 옷자락이 펄럭거렸다.

초천검이 움직일 때마다 대기가 뒤흔들리며 그 기세가 사방으로 뻗어나갔다.

멀리서 이를 지켜보고 있던 장청은 유대웅의 검무에 취하기라도 한 듯 멍한 표정을 짓고 있었다.

그렇게 얼마간의 시간이 흐르고, 열일곱 번째 초식에서 열여덟 번째 초식으로 넘어가던 유대웅의 눈이 반짝였다.

마침내 마독의 기척을 감지한 것이었다.

순간, 초천검의 방향이 확 바뀌었다.

그의 좌측, 삼 장여 떨어진 나무를 향해서 초천검에서 뿜어진 검기가 맹렬한 기세로 날아갔다.

꽝!

아름드리나무가 그대로 부러져 나가는 것과 동시에 마독의 신형이 허공으로 솟구쳤다.

그를 향해 매화천뢰(梅花天雷)란 초식이 펼쳐졌다.

천뢰라는 이름답게 매화삼십육검에서도 꽤나 강맹한 힘을 자랑하는 초식이었다.

마독도 순순히 당하고 있지만은 않았다.

더 이상 도주는 의미가 없다고 판단한 것인지 마독이 매화천뢰와 정면으로 맞부딪쳐 왔다.

유대웅은 마독이 무모한 도전을 한다고 여겼다.

그 자신감이 경악으로 바뀌는 것은 순식간이었다.

당연히 튕겨 나가거나 큰 충격을 받으리라 예상한 마독이 오히려 검신일체(劍身一體)를 이루며 매화천뢰를 일직선으로 갈라 버린 것이었다.

"허!"

생각지도 못한 상황에 직면한 유대웅의 입에서 탄성이 터져 나왔다.

"안 돼!"

마독의 검이 유대웅의 가슴팍을 향해 쇄도하는 것을 본 장청이 놀라 부르짖었다.

하나, 그의 외침은 기우에 불과했다.

화산삼선과 같은 절대고수들과의 비무를 통해 실력을 키워온 유대웅은 이미 마독의 움직임을 완벽하게 꿰뚫어 보고 그의 공격을 무력화시키면서 위기에서 벗어난 상태였다.

나름 가볍게(?) 손속을 나눈 유대웅과 마독이 어느 정도 거리를 두고 마주 섰다.

여전히 검을 들고 있는 마독과는 달리 유대웅은 이제 쓸 필요가 없다는 듯 초천검을 거둔 상태였다.

"이제 믿겠습니까?"

유대웅이 물었다.

"눈앞에서 봤으니 믿지 않을 수가 없군. 내 평생 이토록 패도적인 매화삼십육검은 본 적이 없다."

"제가 남들보다 조금 힘이 셉니다."

가볍게 웃어넘긴 유대웅이 장청을 향해 손짓을 했다.

"끝났으니까 그만 이리 와. 하던 얘기 마무리 지어야지."

목숨을 잃을 줄 알았던 유대웅이 멀쩡하고, 더 이상 큰 사단 없이 싸움이 끝났다는 것에 안도한 장청이 하얗게 질린 얼굴로 걸어왔다. 그리곤 천천히 검을 거두는 마독에게 말했다.

"이제 손녀분을 구할 방법이 있다는 제 말을 믿으시겠습니까?"

"저 친구가 화산파의 제자임은 믿겠다. 그렇지만 우리 영영이의 병을 고칠 수 있다는 말까지 믿기는 힘들군. 칠음절맥은 그리 간단히 고쳐지는 병이 아니다."

"그렇다고 고칠 방법이 없는 것도 아니잖습니까? 그리고 저는 분명 그 방법을 제시했습니다."

"화산파에서 이 아이를 고쳐 줄 수 있단 말인가?"

"정확히 말씀드리자면 화산파가 아니라 화산검선께서 힘

을 보태주실 겁니다. 물론 성수의가의 침술이 필요한 것은 어르신께서도 잘 아실 테고요."

"그들은 언제든지 힘을 빌려준다고 약속을 했다."

"그럼 문제될 것이 없군요. 이제 병을 치료하는 일만 남았습니다."

장청의 말에 마독이 착 가라앉은 음성으로 말했다.

"그와 같은 일을 공짜로 주선할 리는 없고. 나에게 원하는 것이 있겠군."

장청이 유대웅의 눈치를 보며 머뭇거리자 마독이 말을 이었다.

"뭔가? 단순한 호의라고 보기엔 너무 과해. 분명 원하는 것이 있을 터인데."

"하하하! 걱정하지 마십시오. 그런 거 없습니다."

마독의 날카로운 추궁에 웃음을 지어 보인 유대웅이 불만에 찬 장청의 어깨에 손을 얹으며 말했다.

"솔직히 처음엔 원하는 바가 있었습니다. 목표한 바가 있어 인재가 많이 필요하거든요. 요 며칠간 운 좋게도 몇몇 인재를 얻을 수 있었고."

순간, 마독의 안색이 조금 굳어졌다.

"노부가, 아니, 우리 은영문이 그대에게 복속하기를 원하는가?"

"아뇨. 그럴 필요 없습니다."

"은영문의 힘이 필요없다는 말인가?"

"필요할지도 모르지요. 아니. 정확하게 말하자면 얻을 수만 있다면 얻고 싶습니다. 모르긴 몰라도 큰 힘이 될 겁니다. 하지만 사람 목숨을 가지고 치졸하게 거래를 하기는 싫었습니다."

"......."

"그런 표정 하지 마십시오. 그렇다고 우리가 일방적으로 손해를 보는 일은 아니니까."

"무슨 뜻인가?"

"손녀분이 칠음절맥이라면서요. 화산에서 그런 인재를 놓칠 리가 없으니 큰 득이 아니겠습니까? 아, 그렇다고 너무 걱정하지는 마십시오. 그래도 명문정파를 자처하는 화산인데 강제로야 그리 만들겠습니까? 모든 선택권은 손녀분께 있을 겁니다. 이런저런 조건으로 열심히 회유야 하겠지만. 아무튼 그리고 이거."

유대웅이 품에서 곱게 접은 두 장의 서찰을 꺼냈다.

"화산에 도착하면 우선 제 사형을 찾으십시오. 다짜고짜 사부님을 찾으면 문전박대당하기 십상일 겁니다. 사형을 만나게 되면 이 서찰들을 주십시오. 하나는 사형께 보내는 것이고 다른 하나는 사부님께 드리는 것입니다. 사형을 무사히 만날 수만 있다면 손녀분의 병은 문제가 되지 않을 것입니다."

얼떨결에 서찰을 받아 든 마독이 멍한 표정으로 유대웅을 바라보는데, 그는 이미 장청의 손을 잡아끌고 있었다.

"자, 이제 그만 가자. 너무 오랫동안 자리를 비웠어."

"예."

고개를 끄덕이는 장청의 얼굴엔 아쉬움이 가득했다.

그래도 내심 지난밤, 사람의 목숨을 가지고 흥정을 하지 말자는 유대웅의 말에 설득당한 것이 조금은 잘되었다는 생각은 하고 있었다.

"그럼 이만."

마독에게 인사를 한 유대웅이 조금의 미련도 없이 몸을 돌리자 질렸다는 표정으로 피식 웃음을 터뜨린 장청 또한 마독에게 예를 표하고 물러났다.

"그대를 보려면 어디로 가야 하지?"

마독이 물었다.

잠깐 고개를 돌린 유대웅이 간단히 대꾸했다.

"그건 모르셔도 됩니다."

"……."

설마하니 그런 대답을 할 줄 몰랐던 마독이 뒤통수를 한 대 맞은 표정으로 멀뚱히 서 있을 때, 그의 뒤로 조용히 모습을 드러내는 사내들이 있었다.

"저들의 말을 믿으시는 겁니까?"

마독의 대제자로 현 은영문의 문주인 임천(林天)이 의심스런 눈길로 유대웅과 그 뒤를 따르는 장청을 바라보았다.

"그가 화산파의 제자임은 확실하다."

"검선이 제자를 들였다는 말은 들은 적이 없습니다."

"그거야 확인을 해보면 알 것 아니냐. 저 녀석들 말대로 검선이 도와줄 수만 있다면……."

마독은 행여나 부정이 탈까 감히 말을 끝맺지 못했다.

그저 힘주어 주먹을 쥔 채 멀어져 가는 유대웅의 뒷모습을 바라볼 뿐이었다.

＊　　　　＊　　　　＊

유대웅이 장청, 그리고 그간 자신의 수하로 들인 인물 셋과 의창에서 조우하여 함께 와호채로 되돌아온 것은 그가 길을 나선 지 정확하게 백 일째 되는 날이었다.

오랜 여행으로 피곤할 만도 했지만 유대웅은 도착하기가 무섭게 수뇌회의를 열었다.

유대웅은 안부를 묻고 그간의 노고에 대해 서로를 격려하는 자리가 끝나기가 무섭게 자신의 곁에 여인네처럼 조신히 앉아 있는 장청을 수뇌들에게 소개했다.

"이 녀석이 앞으로 와호채의 군사입니다."

"장청입니다."

장청이 공손히 허리를 숙였다.

명색이 군사라 하면 나이도 지긋하고 뭔가 있어 보이는 사람들이란 틀에 박힌 생각 때문인지 반응이 신통치 않았다.

그럴 줄 알았다는 듯 장청은 별 내색을 하지 않았지만 소개를 한 유대웅은 민망함을 감추지 못했다. 해서 몇 마디 말을 덧붙였다.

"나이는 어립니다만 와룡숙에서 천재로 유명했던 친구입니다."

과연 와룡숙의 힘은 대단했다.

장청이 와룡숙 출신이란 말에 다들 놀라움을 감추지 못했다.

"허, 어린 나이에 와룡숙에 들어갈 정도라면 과연 인재라 할 수 있겠군."

장우기가 새삼스런 눈길로 장청을 바라보았다.

"한데 그곳에서 얼마나 수학을 한 것인가?"

유대웅이 얼른 대답을 했다.

"십일 년을 수학했답니다."

"십… 일 년?"

장우기는 물론이고 모인 이들 모두 믿을 수 없다는 표정이었다.

"하면 뭔가? 대체 몇 살 때 와룡숙에 입교했단 말인가?"

"일곱 살에 입교했습니다."

장청이 담담한 태도로 대답했다.

순간, 다들 할 말을 잃었다.

오직 그 의미를 알지 못하는 뇌초만이 먼발치에서 두 눈을 멀뚱거릴 뿐이었다.

"허허, 이거 채주가 감당하기 힘든 인재를 데리고 온 것 같구나."

자우령의 너털웃음에 저마다 동의를 한다는 듯 고개를 끄덕였다.

경험이야 둘째 치고 일곱 살에 와룡숙에 들 정도라면 실로 천재라 칭해도 부족할 정도였다.

"많이 부족합니다. 혹여 제가 잘못된 판단을 하거나 실수를 하면 엄히 꾸짖고 바른길로 이끌어주십시오."

장청이 모인 이들과 일일이 눈을 마주치며 고개를 숙였다.

그의 예의 바름에 또 한 번 감탄을 하며 다들 호의적인 모습을 보였다.

하지만 유대웅은 알고 있었다.

겉으로 보이는 모습과는 달리 장청이 그리 예의 바른 녀석이 아니라는 것을. 오히려 오만하기가 하늘을 찌르며 모인 이들을 어찌하면 한 손에 휘어잡고 흔들 수 있을지 매일같이 연구를 하고 있다는 것을.

'크크, 나중에 제대로 뒤통수를 맞아봐야 이 녀석의 본모습을 알아차리겠군.'

혼자 키득거리며 웃던 유대웅은 책망하는 장청의 눈길에 얼른 표정을 바꾸곤 말을 이었다.

"그리고 이번에 저를 따르기로 한 사람들입니다."

유대웅의 시선이 그의 왼편에 다소 어색하게 앉아 있는 이들에게 향했다.

그러자 수염을 텁수룩하게 기른 중년인이 벌떡 일어났다.

"이휘(李輝)입니다. 과거엔 시위상직군(侍衛上直軍)의 교두였습니다."

"시위… 상직군이라면?"

장우기가 고개를 갸웃거리자 장청이 설명을 했다.

"황성을 지키는 황제의 직속부대를 시위상직군이라 합니다."

"아!"

다들 놀랍다는 눈으로 이휘를 응시했다.

설마하니 나라의 녹을 먹던 인물이 유대웅을 따를 줄은 상상도 못한 것이었다.

"곽무성(郭武成)입니다."

이휘와 비슷한 연배의 중년인이 자신을 소개했다.

"한때는 무한에서 가장 유명했던 운룡표국의 대표두 자리에 계셨던 분입니다."

장청의 설명에 장우기는 또 한 번 놀라고 말았다.

곽무성이라는 이름은 들어본 적이 없었지만 무한의 운룡표국은 그야말로 호북에서 최고의 표사들만 모였다는 소문이 있는 곳이기 때문이었다.

"대표두는 무슨. 고작 십 초도 버티지 못했는데. 아무튼 잘 부탁드립니다. 채주님과의 비무에서 패해 무릎을 꿇었지만 신의를 저버릴 정도로 못난 놈은 아닙니다. 물론 이곳의 정체를 알고 다소간 찝찝함은 어쩔 수 없었지만 말입니다."

곽무성의 솔직한 인사에 다들 밝은 웃음으로 그를 반겼다.

그 웃음이 잦아들 즈음 한 청년이 자리에서 일어났다.

"종리구(宗理求)라고 합니다."

그는 앞서 소개한 이휘나 곽무성의 패기있는 모습과는 전혀 다른 왜소하고 어딘지 모르게 음울한 분위기를 풍기고 있었다.

"이십여 년 전, 호남과 호북의 상계를 휘어잡았던 황금장(黃金莊)의 마지막 후손입니다."

장청의 말에 사람들은 황금충(黃金蟲)으로 불리며 백성들의 원성을 한 몸에 받았던 황금장주 종리숙(宗理淑)과 결국 역모에 가담했다는 누명을 쓰고 구족이 멸족당한 황금장의 비극을 떠올렸다.

분위기가 다소 어두워진다고 여긴 유대웅이 가벼운 헛기침과 함께 입을 열었다.

"과거엔 어땠는지 몰라도 이제부터는 하나의 뜻을 가지고 모인 동지입니다. 괜한 오해와 편견으로 쓸데없는 분란을 만들지 않았으면 좋겠군요."

"그럴 리가 있느냐? 와호채라는 한 배를 탄 이상 피를 나눈 형제나 다름없는 것을."

장우기가 염려 말라는 듯 호탕하게 외쳤다.

바로 그때였다.

"어르신."

장청이 가만히 장우기를 불렀다.

"왜 그러는가?"

"어르신께서 채주님과 개인적으로 어떤 관계인지는 들어 잘 알고 있습니다. 하지만 지금처럼 공적인 자리에선 언행에 조금 조심을 해주시는 것이 좋을 듯싶습니다."

"뭐라?"

장우기가 발끈하여 소리쳤지만 장청은 눈 하나 깜빡이지 않았다.

"와호채는 동네 꼬마 아이들이 모인 곳이 아닙니다. 장차 장강을 휘어잡고 나아가 무림을 뒤흔들 곳입니다. 그리고 채주님은 그런 세력의 정점입니다. 사석에서야 문제가 될 것은 없지만 이렇듯 많은 이들이 모인 자리에서 지금과 같은 어르신의 태도는 채주님의 권위를 무시하는 처사가 될 수 있습니다."

"음."

장우기의 입에서 짙은 침음이 흘러나왔다.

스무 살도 안 되는 애송이에게 지적을 당한 것이 가소롭기까지 했지만 따지고 보면 틀린 말도 아니었다. 과거, 사석에서 허물없이 지내던 일심맹주와도 공적인 자리에선 철저하게 예를 차렸으니까.

"알았다. 주의하지."

장우기는 깨끗하게 자신의 실수를 인정했다.

"허허, 이거 어린 군사의 서슬이 퍼렇군. 그래, 노부 또한 그리 불러야 하느냐?"

자우령이 입술을 살짝 비틀며 물었다.

유대웅이 절대로 안 된다며 필사적으로 눈치를 주었지만 장청은 쳐다보지도 않으며 그의 애간장을 태웠다. 그러나 정작 내뱉는 말은 유대웅이 원하는 바와 다르지 않았다.

"그럴 리가요. 와호채의 수장이 채주님이라면 어르신께서는 채주님의 조부님이 되십니다. 사석, 공석 따지실 위치가 아니지요. 지금처럼 편하게 대하셔도 무방하다 생각됩니다."

방금 전의 논리라면 자우령 또한 공적인 자리에선 유대웅에겐 당연히 예를 차리는 것이 맞았고 그것이 정석이었다. 한데 장청은 자우령에겐 그런 잣대를 들이밀지 않았다.

이유는 간단했다.

자우령의 성정을 감안했을 때, 그는 장청의 건의 따위는 간단하게 무시할 만한 인물이었고 그리되면 처음으로 와호채의 일에 나선 장청의 지위와 권위는 땅바닥에 처박힐 것이었다.

그것을 정확하게 파악하고 있던 장청은 오히려 자우령을 와호채의 가장 큰어른으로 인정하며 그 자신의 권위도 지킨 것이었다.

그것을 모를 자우령이 아니었다.

자우령은 재밌다는 표정으로 장청을 응시했다.

"인물이군."

자우령은 그 단 한 마디로 장청에 대한 평가를 마쳤다.

第十七章
급습(急襲)

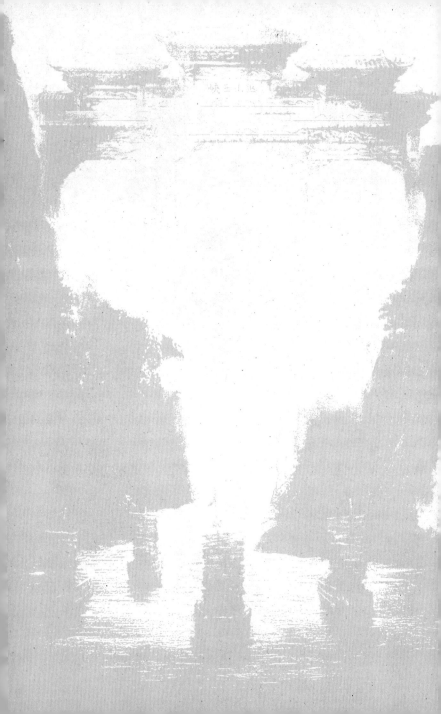

"그렇게 심각해?"

"예. 당장 무슨 수를 내야 합니다."

"얼마나 버틸 수 있을 것 같은데?"

묻는 유대웅의 얼굴이 딱딱하게 굳었다.

"길어야 열흘 내외입니다."

"그 정도나?"

장청이 갑작스레 독대를 요구했을 때부터 어느 정도 각오
는 하고 있었지만 생각보다 일이 심각했다.

"와호채가 이곳에 자리 잡은 시간이 꽤 되는데 대체 무슨
수로 이 많은 인원을 먹여 살렸는지 이해가 가지 않을 정도입

니다."

"청정채가 그동안 모아온 재물과 와호채를 찾는 이들이 조금씩 지니고 있던 돈으로 충당했지. 아, 할아버지께서도 상당히 도움을 주셨고."

"어쨌건 중요한 것은 지금 와호채의 재정이 완전히 바닥을 드러냈다는 것과 더 이상은 돈이 나올 곳이 없다는 것이지요. 수입원을 찾아야 합니다."

"수입원이라……."

유대웅이 미간을 찌푸리며 생각에 잠겼다.

소림이나 무당처럼 나라의 지원을 받을 수도 없었고 화산이나 기타 많은 문파처럼 그들이 배출한 많은 제자들이 각지에서 지원금을 보내는 것도 아니었다. 지분을 가지고 참여한 사업장이 있는 것은 더더욱 아니었다.

훗날에야 어찌 바뀔지 모르는 것이나 현 상황에서 와호채가 재정을 충당할 방법이 있다면 오직 하나, 장강을 오고 가는 배를 약탈하는 것뿐이었다.

"결국 물길로 나가야 되나?"

장청의 생각은 다소 부정적이었다.

"통행세를 거둔다면 조금 도움이 되겠지만 일심맹과 적대시하는 상황에서 그 또한 쉬운 일은 아닐 것 같습니다."

순간, 유대웅의 눈동자가 반짝거렸다.

"그럼 아예 일심맹을 털어버릴까?"

"예?"

"솔직히 와호채는 아직 장강의 질서를 회복시킬 준비가 되지 않았어. 이런 상황에서 통행세를 받는다면 다른 놈들처럼 약탈하는 것과 다를 바 없잖아. 그럴 바엔 차라리 일심맹과 연관된 수채를 터는 것이 낫다고 생각하는데."

"쉽게 판단할 사항이 아닌 것 같습니다."

"그래. 다른 이들의 의견을 들어보는 것이 좋겠다."

고개를 끄덕인 유대웅은 그 즉시 수뇌회의를 소집했다.

유대웅은 갑작스런 소집령에 놀라 뛰어온 수뇌들에게 현재 와호채가 처한 최악의 재정 상태를 설명하며 일심맹 공격에 대한 의견을 물었다.

유대웅의 의견은 단 한 명의 반대도 없이 가결되었다.

단, 목표로 할 수채와 공격할 시기는 수집되는 정보를 통해 결정하기로 하였다.

*   *   *

"……."

운상은 노인으로부터 전해 받은 서찰을 보며 어쩔 줄을 몰라 했다.

다짜고짜 찾아와 서찰 하나를 내미는 것은 그렇다 쳐도 하필이면 그 상대가 낙안봉에 머무르고 있는 청우 소사숙조였으니 난감하기 그지없었다.

"누구시라고 전할까요?"

보다 못한 운종이 나섰다.

곤란하긴 해도 세간에 제대로 알려지지 않은 청우 소사숙조를 찾아와 서찰을 전해달라고 했다는 것은 분명 그만한 이유가 있을 것이라 판단한 것이었다.

"이 늙은이의 이름은 마독이라고 합니다."

"청우 소사숙조께선 지금 낙안봉에 계십니다. 거처하시는 곳이 조금 먼 관계로 시간이 조금 걸릴 것 같습니다."

서찰 하나에 실낱같은 희망을 걸고 밤낮을 달려온 지금 그 정도 시간을 기다리지 못할 마독이 아니었다.

"기다리겠습니다."

짧게 대꾸한 마독이 병색이 완연한 마영영을 부축하여 산문에서 조금 떨어진 바위에 등을 기대게 했다.

"잘될 게다."

마독이 마영영의 이마에 흐르는 땀을 닦아내며 웃었다.

"예."

마영영이 밝은 미소로 화답했다.

하지만 그녀의 눈은 슬펐다.

이미 지금과 같은 상황을 몇 번이나 겪은 터. 자신을 위해 부질없는 희망에 기대는 조부의 모습이 그저 안타까울 뿐이었다.

그리고 그녀의 예상은 서찰을 전하러 간 운종이 무려 한 시진이 지나도록 오지 않는 것으로 명확해졌다.

"그만 가요, 할아버지."

마영영이 힘겹게 몸을 일으키며 말했다.

"조금만 더 기다려 보자꾸나."

"오지 않아요. 아시잖아요."

"아니. 이번엔 달라."

"설사 온다 해도 결과는 같아요."

"분명히 달라."

마독은 단호히 고개를 흔들었다.

그 역시 확신은 없었다.

다만 사랑하는 손녀를 위해 그렇게 믿고 싶을 뿐이었다.

서찰을 전하러 간 운종이 한 시진째 돌아오지 않자 산문에 홀로 남은 운상 역시 좌불안석이었다.

청우 사숙조가 기거하는 낙안봉은 그 누구도 함부로 발을 들일 수 없는 화산의 금지였기 때문이었다.

그렇게 얼마의 시간이 흘렀을까?

어둠을 뚫고 산문을 내려오는 사람들이 있었다.

운종보다 먼저 그들의 기척을 눈치챈 마독이 주먹을 불끈 쥐었다.

"오는구나."

하나, 마영영은 여전히 별다른 기대를 하지 않는 표정이었다. 그저 할아버지의 실망이 크지 않기를 바랄 뿐.

이제나저제나 운종을 기다리던 운상이 바람처럼 달려오는 청우를 발견하고 얼른 예를 표했다.

"제자 운상이 소사숙조님을 뵙습니다."

가볍게 고개를 끄덕인 청우가 물었다.

"이 서찰을 가져오신 분이 어디 계시느냐?"

"저, 저기에 계십니다."

운상이 대답을 했을 땐 청우의 신형은 이미 마독 앞에 서 있었다.

"늦었습니다. 청우입니다."

"마독이라 하오."

"가시지요. 사부님께서 기다리고 계십니다."

"사부님이시라면 혹 화산… 검선이시오?"

마독이 떨리는 음성으로 물었다.

"그렇습니다."

"하면 유대웅이라는 친구가 정말……."

마독이 무엇을 말하고자 하는지 눈치챈 청우가 빙그레 웃었다.

"예, 하나뿐인 제 사제입니다."

"아!"

청우의 대답에 마독은 자신도 모르게 탄성을 내뱉었다.

지금껏 유대웅이 자신에게 한 말에는 한 치의 거짓도 없었다. 그렇다는 것은 곧 손녀인 마영영의 불치병 또한 치료될 수 있다는 것을 의미하는 것이었으니.

"영영아."

손녀를 부르는 마독의 눈에서 한 줄기 눈물이 흘러내렸다.

＊　　　　＊　　　　＊

달빛이 구름 뒤에서 살포시 모습을 드러냈다 감추기를 반복하던 새벽녘.

잔잔한 물길을 가르고 은밀히 움직이는 배 한 척이 있었다.

돛을 내리고 오직 노의 힘에 의해서만 전진하는 배는 짙은 어둠과 너무도 잘 동화되어 있는 묵빛이었다.

잔잔해 보여도 무산삼협의 물길이 상당한 급류라는 것을 보여주기라도 하듯 느리게 움직이는 노에 비해 배의 이동 속도는 무척이나 빨랐다.

진왕협을 떠난 와호채의 정예는 급류 덕에 한 시진도 채 안 되어 웅묘채 인근에 도착할 수 있었다.

"저곳이 웅묘동입니다."

조건이 저 멀리 절벽 중간에 뚫린 큰 동굴을 가리키자 유대 웅이 고개를 갸웃거리며 물었다.

"웅묘채가 동굴에 있는 건가?"

"동굴은 전초기지라고 할 수 있고 근거지는 웅묘동에서 오리 정도 떨어진 야산에 위치하고 있습니다. 그리고 바로 저 바위 뒤편에 놈들의 배가 정박해 있지요."

조건의 손가락을 따라 고개를 돌리던 유대웅은 절벽 앞, 불규칙하게 솟아오른 바위 뒤편에서 정박해 놓은 수적선의 뱃머리를 발견하곤 놀랍다는 표정을 지었다. 비록 완벽한 은신은 아닐지라도 주의 깊게 보지 못하면 꽤나 발견하기 힘든 자리였다.

"저런 곳이 있었군."

"그러나 별로 좋은 자리는 아닙니다. 은신이 용이하기는 하지만 주변에 암초들이 워낙 많고 물이 얕아 신속한 이동이 불가능하다는 단점이 있습니다."

"그럴 수도 있겠네."

동의를 하면서도 유대웅은 탐난다는 표정을 감추지 못했다.

"배로 이동할 수 있는 곳은 여기까지입니다. 더 가까이 가면 놈들의 감시망에 걸립니다."

웅묘동을 힐끗 바라본 유대웅이 조용히 명을 내렸다.

"뭍으로."

배가 뭍에 이르는 것과 동시에 유대웅이 모래사장에 발을 내디뎠다.

육중한 몸에 어울리지 않게 삼 장이 넘는 거리를 단숨에 도약해 사뿐히 착지한 유대웅은 뒤의 사람들을 기다리지 않고 웅묘동을 향해 일직선으로 나아갔다.

"자, 잠시."

조건이 황급히 그를 불렀지만 유대웅의 거칠 것 없는 행보를 멈추게 할 수는 없었다.

이휘가 어느새 유대웅의 뒤로 따라붙고 조건도 황급히 뛰어내렸다.

뒤늦게 배에서 내린 장우기가 고개를 흔들었다.

"성격이 어찌 저리 다를꼬."

누구보다 사내답게 생긴 외관은 같았지만 모든 일에서 치밀하고 섬세했던 유섬강과는 달리 유대웅은 한 번 결정을 내리면 뒤돌아보지 않고 거침없이 밀어붙이는 저돌성을 보여주었다. 그야말로 극과 극의 성격을 지닌 것이다.

"자, 서두르자."

나직이 외친 장우기가 유대웅을 따라 움직이자 와호채의 정예 오십이 그 뒤를 따랐다.

하지만 그들이 웅묘동에 도착했을 땐 이미 모든 상황이 끝난 뒤였다.

평소 웅묘채에서 웅묘동에 상주시키는 인원은 대략 십여 명 내외.

그들 중 멀쩡히 서 있는 사람은 아무도 없었다.

특히 한 수적은 벽에 머리를 부딪쳐 절명한 상태였는데 온몸이 발가벗겨진 채 기절해 있는 여인과 그리 멀리 떨어져 있지 않다는 것을 감안하면 굳이 묻지 않아도 알 수 있는 상황이었다.

"모여."

유대웅의 한마디에 바닥을 구르고 있던 자들 중 기절한 셋을 제외하고 여섯이 기다시피 하여 그의 앞에 무릎을 꿇었다.

"지금부터 몇 가지 질문을 하겠다. 쓸데없는 피를 보고 싶지 않으니 알아서들 판단해."

나직한 목소리로 위협을 하며 벽에 머리를 부딪쳐 절명한 사내를 슬며시 바라보는 유대웅의 모습에 웅묘채의 수적들은 사시나무 떨 듯 떨었다.

단 한 번의 발길질에 웅묘동의 그들에겐 흉신악살과도 같았던 경계조장이 피떡이 되고 게다가 그것을 바로 눈앞에서 보았으니 겁을 먹지 않는 것이 오히려 이상했다.

"웅묘채에 모여 있는 놈들이 몇이나 되지?"

대답은 금방 나오지 않았다.

가장 먼저 배반하는 모습을 보일 수는 없다는 얄팍한 계산이었지만 그것이 통할 상대가 아니었다.

"크악!"

외마디 비명과 함께 유대웅과 가장 가까이에 있던 수적이 한참이나 날아가 처박혔다.

"다시 묻지. 몇이나 모여 있지?"

곧바로 대답이 튀어나왔다.

"사, 삼백 정도 됩니다."

"뭐? 삼백?"

유대웅이 깜짝 놀라 되물었다.

행여나 다시금 발길질이 날아들까 겁을 먹은 수적들이 황급히 입을 놀렸다.

"지, 지난밤에 선도채에서 지원군이 왔습니다."

"용각채(龍角寨)에서도 왔습니다."

"비우채(飛雨寨)에서도 온 것으로 압니다."

"맹의 정예들도 꽤 와 있습니다."

저마다 두서없는 말들을 내뱉었지만 한 가지 확실한 것은 현재 웅묘채엔 그들의 예상과는 달리 엄청난 수의 수적들이 득시글대고 있다는 것이다.

"뭐야, 이거? 이거 생각보다 너무 많잖아."

유대웅이 조금은 난처한 표정으로 말하자 조건이 당황한 빛으로 고개를 숙였다.

"죄송합니다."

현재 와호채의 정보망을 책임지고 있는 것은 조건이었다.

그와 과거 그의 수하였던 청정채의 수적들이 그 누구보다 소삼협과 무협의 물길에 대해 잘 알고 있다는 이유 때문이었는데 애당초 한계가 있을 수밖에 없었다.

"쓸데없는 말 하지 말고 고개 들어. 이만한 정보를 물어온 것도 대단한 거니까. 제대로 된 정보든 잘못된 정보든 이를 접한 군사가 숙고하여 건의했고 내가 결정했어."

유대웅은 조건이 몇 되지도 않는 수하들과 함께 혼신의 힘을 다해 정보를 모으고 있다는 것을 너무도 잘 알고 있었다.

"험, 어찌할 생각인가?"

장우기가 물었다.

장청의 말대로 공적인 자리에선 존대를 시작했지만 아직 익숙지 않아서 그런지 조금은 어색한 모습이었다.

"어쩌긴요. 여기까지 와서 빈손으로 돌아갈 수는 없잖아요."

유대웅은 생각할 것도 없다는 듯 대답했다.

"그렇다 해도 적의 수가 너무 많아. 설사 성공을 한다고 해도 피해가 클 수도 있다네."

"아시다시피 이번 기회를 포기하기엔 와호채의 재정 상태가 너무 좋지 않습니다. 당장 이삼 일 후면 손가락만 빨아야될 상황입니다. 필요한 물자를 확보하기 위해서라도 기회를 놓쳐서는 안 됩니다."

유대웅은 물러설 생각이 없는 듯했다.

바닥난 재정을 충당하기 위해 일심맹을 공격하기로 결정한 와호채.

첫 번째 목표는 그들과 꽤나 악연이 깊은 웅묘채였다.

사실 웅묘채가 목표가 된 이유는 실로 우연이라 할 수 있었다.

닷새 전, 공격할 수채를 찾기 위해 여러 정보를 수집하던 와호채로 하나의 정보가 날아들었다.

그 내용인즉슨 오랜 내분에 지친 일심맹주 황우가 막대한 황금을 동원하여 혈사림의 도움을 요청하고자 했고 이를 눈치챈 반대파의 공격으로 황금을 실은 배가 좌초했다는 것.

또한 배에 실린 황금은 배가 침몰하기 전, 다른 곳으로 옮겨졌는데 그곳이 바로 웅묘채라는 것이었다.

장청은 몇 가지 정보를 다각도로 분석한 뒤, 그것의 결과를 토대로 정보가 확실하다고 판단하였고 이틀 전, 최종적으로 웅묘채 공격을 건의하였다.

웅묘채에 상주하는 인원은 도합 백 명 내외.

지난번, 유대웅 일행을 추격하는 과정에서 전력의 오 할 이상을 날렸다는 것을 감안하면 상당한 인원이었다. 이는 황금을 운반하던 이들이 웅묘채에 합류를 한 것도 있었지만 일심맹주와 무령채 채주 시절부터 인연을 이어온 웅묘채 채주 적삼이 일심맹의 내분이 시작되자마자 곧바로 일심맹 지지를 선언했고, 이에 상응하여 일심맹의 지원을 얻어낸 결과였다.

웅묘채의 전력이 생각보다 강했지만 유대웅은 물론이고 장청 역시 크게 염려하진 않았다.

유대웅과 장우기를 필두로 최근 자우령의 훈련을 받아 실력이 크게 는 와호채의 정예 오십이면 그다지 큰 피해 없이 웅묘채를 접수할 수 있으리라 여긴 것이다.

한데 정보가 잘못됐다. 아니, 잘못됐다기보다는 느렸다.

지난밤, 웅묘채에 있는 황금을 다시 혈사림으로 이동시키기 위해 상당한 병력이 집결한 것을 미처 파악하지 못한 것이었다.

"여섯 배가 넘는 수일세. 채주가 아무리 뛰어난 무공을 지니고 있다 하더라도 중과부적이야."

"부딪쳐 보면 알겠지요."

장우기가 유대웅의 마음을 돌리고자 애썼지만 유대웅은 이미 결심을 한 듯했다.

"일단 웅묘채의 상황이 어떤지 둘러보고 오겠습니다."

"혼자 말인가?"

장우기가 깜짝 놀라 되물었다.

"싸울 생각은 없으니까 걱정하지 마세요. 곧 돌아오겠습니다."

유대웅은 자신의 뒤로 이휘가 따라붙자 고개를 흔들었다.

"혼자 갈 것이오."

"하지만……."

"저곳엔 이휘 공보다 강한 자들도 있을 터. 그들에게 들키지 않을 자신이 있다면 따라오시오."

유대웅은 대답도 듣지 않고 몸을 돌렸다.

멈칫거리던 이휘는 결국 움직일 수가 없었다.

암향표라는 절정의 신법을 구사하며 응묘채에 잠입한 유대웅은 아무런 방해도 받지 않고 곳곳을 둘러보기 시작했다.

응묘채는 어느 정도 규모가 있는 수채답게 많은 건물이 상당히 조밀하게 자리 잡고 있었다. 그래 봤자 대다수가 수풀과 통나무를 이용하여 만든 조악한 것들이었지만 개중에는 제법 그럴듯한 건물도 보였다.

'꼴들이 참.'

유대웅은 건물 주변과 나무 아래 등에 아무렇게나 널브러져 자고 있는 수적들을 보며 혀를 찼다.

워낙 많은 인원이 모인 터라 그들을 수용할 장소가 부족한 탓이었다.

'이자들이 용각채에서 온 자들인가 보군.'

그들 옆, 황금색에 유난히 긴 뿔을 지닌 용이 수놓아진 깃발이 세워진 것을 확인한 유대웅이 피식 웃었다. 널브러진 수적들의 모습과 화려하기 그지없는 깃발이 그렇게 어색할 수가 없었다.

유대웅은 용각채의 수뇌들이 모여 있는 곳으로 예상되는 곳을 향해 가만히 기운을 쏘아 보냈다.

아무런 반응이 없었다.

조금씩 수위를 높였지만 그의 기운을 눈치채는 사람은 전무했다.

그 정도 기운도 알아차리지 못했다는 것은 애당초 그만한 실력을 지닌 자가 없다는 것.

그는 뇌리에서 용각채의 존재를 지워 버렸다.

이후, 유대웅은 다른 수적들을 상대로 몇 번이나 같은 시험을 한 뒤 웅묘동으로 돌아왔다.

"괜찮으십니까?"

조건은 웅묘동으로 무사히 돌아온 유대웅에게 죽은 사람을 다시 본 것처럼 기뻐하며 물었다.

"보다시피."

유대웅은 가볍게 어깨를 들썩이며 웃고는 행여나 그가 무리한 행동을 하지 않을까 걱정하고 있던 장우기에게 걸어갔다.

"걱정하셨습니까?"

"망할 놈."

매섭게 눈을 부라린 장우기가 언제 그랬냐는 듯 표정을 감추고 말투도 바꿨다.

"그래, 놈들의 상황은 어떻던가? 이놈들 말대로 정말 병력이 많던가?"

"예. 거짓말은 아니더군요. 꽤나 많이들 모였습니다."

"역시."

장우기가 짧은 신음을 내뱉었다.

"절반 이상은 대충 숫자만 끌어모은 오합지졸입니다만 나머지 절반은 그래도 꽤나 수준들이 있더군요. 특히 일심맹에서 왔다는 자들은 확실히 주의해야 할 것 같습니다."

유대웅은 시험 삼아 발출한 기운에 즉시 반응을 하던 자들을 떠올리며 안색을 굳혔다.

거의 오륙십에 육박하는 숫자는 와호채의 수하들에겐 실로 큰 위협이었고 특히 그들을 지휘하는 자들의 실력은 이휘 정도는 되어야 겨뤄볼 수 있을 것 같았다. 더불어 굉장히 위험해 보이는 쌍둥이 노인도 있었다.

"비우채에서도 왔다고 들었습니다. 숫자는 적지만 일대에선 흑수채 놈들을 능가할 정도로 잔인하고 악명이 자자한 놈들입니다. 그만큼 실력도 있고요."

"확실히 수적들치고는 뛰어난 자들이 보이더군. 그래도 일심맹에서 온 정예들 수준은 아니야. 아, 그리고 어르신."

"왜 그러나?"

"과거 일심맹에 쌍둥이 노인이 있었습니까? 어렴풋이 본 것도 같은데 기억이 잘 나지 않습니다."

"쌍둥이라… 서, 설마?"

무엇을 떠올린 것일까?

장우기의 안색이 하얗게 질렸다.

"기억나는 자들이라도 있습니까?"

"있지, 있다마다. 기억이 틀리지 않는다면 그 쌍둥이 노인들은 십오 년 전, 자 선배께서 은거를 하신 뒤 곧바로 반란을 꾀하다 뇌옥에 간힌 귀왕채(鬼王寨)의 채주 일월쌍웅(日月雙鷹)일 걸세. 당시 맹주는 일심맹에서도 가장 세력이 강했던 귀왕채를 의식해 그들의 목숨을 빼앗는 대신 무공을 폐하고 뇌옥에 감금하는 선에서 일을 마무리했지. 한데 그들이 다시 모습을 드러낼 줄이야. 혹 그들 중 한 명은 외팔이 아니던가?"

"맞습니다. 왼쪽 팔이 없더군요."

"맹주에게 당한 것이네. 일월쌍웅이 확실하군. 황우 이 버러지 같은 놈."

장우기는 뇌옥에 갇혀 있어야 할 일월쌍웅이 웅묘채에 나타났다는 말에 크게 분노했다.

"놈들이 무공은 회복한 것 같던가?"

"예. 과거에 어느 수준이었는지는 모르나 상당했습니다. 적어도……."

유대웅은 그들의 실력이 장우기에 못지않을 것 같다는 말은 차마 할 수가 없었다.

"그 당시에도 엄청난 무공을 지니고 있었지. 맹주가 겨우 제압을 했을 정도였으니. 그나마 각개격파를 했기에 망정이지 아마 합공을 당했다면 맹주가 패했을지도 몰라. 그 정도로 강자였네. 수하들의 신망도 나름 두터웠고."

"그랬군요."

"포기해야 되네. 가뜩이나 부족한 전력에 일월쌍웅까지 왔다면 절대로 불가능해. 그 늙은이들이야 채주와 내가 맡는다고 해도 다른 놈들은 어찌 감당하겠는가? 한 손으로 열 손을 막을 수는 없다네. 중과부적이야."

공격은 있을 수 없다는 듯 장우기의 태도는 실로 단호했다.

그것은 지켜보는 조건이나 다른 이들도 다들 같은 심정이었다.

"후~ 정말 포기해야 합니까?"

유대웅이 힘없이 내뱉었다.

"안타깝지만 포기해야 하네. 차라리 퇴각하는 길에 선도채를 공격하도록 하지. 그래도 숨통은 틀 수 있을 걸세."

장우기는 완곡한 어조로 퇴각을 주장했다.

"알겠습니다. 그리하지요."

몇 번이나 망설이던 유대웅은 결국 장우기의 의견을 받아들였다.

와호채란 이름을 걸고 시작한 첫 번째 행동에서 아무런 소득도 얻지 못하고 허무하게 끝내는 것이 못내 아쉬웠지만 장우기의 말대로 지금의 병력으로 웅묘채를 공격하다간 상당한 희생이 불가피했다.

바로 그때였다.

그들의 바로 뒤쪽에서 혀 차는 소리가 들려왔다.

"쯧쯧, 내 이럴 줄 알았지."

어둠 속에서 천천히 모습을 드러낸 사람이 자우령임을 확인한 유대웅이 반색을 했다.

"할아버지!"

조건을 비롯하여 모든 이들이 허리를 숙여 예를 표했다.

"와호채에 계셔야 될 분이 어째서……."

"어째서긴, 이런 줄 알고 따라온 것이지. 한데 이번엔 군사의 예측이 틀렸구나. 네 녀석이 끝까지 공격을 주장할 거라고 했는데 말이다."

"예? 혼자 오신 게 아닙니까?"

"군사도 함께 왔다. 아니, 와호채 전체가 움직였다고 하는 것이 맞겠지."

자우령이 아래쪽을 가리키며 말했다.

말이 끝남과 동시에 곽무성을 필두로 와호채의 식솔들이 무더기로 올라오고 있었다.

"채, 채주님."

웅묘동에 이르는 가파른 길이 꽤나 버거웠는지 땀을 뻘뻘 흘리며 나타난 장청은 말을 제대로 잇지 못했다.

"대체 어찌 된 거야? 이 많은 인원은 뭐고?"

유대웅이 숨 돌릴 틈도 주지 않고 물었다.

"그, 그게 그러니까……."

한참을 더 헥헥거린 다음에야 겨우 숨을 고른 장청이 이마에 번들거리는 땀을 닦으며 입을 열었다.

"채주님께서 진왕협을 떠나신 다음에 한 가지 정보가 입수되었습니다."

"정보?"

"예. 일심맹에서 황금을 혈사림으로 운반하기 위해서 웅묘채에 병력을 집중하고 있다는 정보였습니다."

"맞아. 그 때문에 골머리를 앓고 있었지. 그런데 그 정보는 누가 가지고 온 거야? 그것도 이 새벽에."

"은영문이라고 기억하십니까?"

"은영문? 당연히 기억하지."

"그쪽에서 우리에게 사람을 붙였던 모양입니다."

"우리를 감시했단 말이야?"

유대웅이 불쾌한 표정을 지었다.

무엇보다 감시가 있음에도 눈치채지 못했다는 것에 화가 났다.

"다른 뜻이 있어서 그런 것은 아닐 겁니다. 아무래도 손녀의 안위가 걸려 있으니 그랬겠지요."

장청이 의미심장한 웃음을 흘리며 말을 이었다.

"우리의 움직임을 파악하다가 웅묘채의 정보까지 입수했던 모양입니다. 우리로선 천만다행이지요. 아무튼 그 소식을 접하자마자 달려온 것입니다."

"연락선을 띄우지 그랬어?"

"띄웠습니다. 그리고 저는 당연히 연락이 된 줄 알았지요. 그런데……."

장청이 말을 끊고 한숨을 내쉬었다.

"왜?"

"연락선은 백사동(白蛇洞) 인근에서 급류에 휩쓸려 좌초하고 말았습니다. 그걸 알고 어찌나 놀랐는지."

장청은 지금 생각해도 식은땀이 나는지 몸을 부르르 떨었다.

"놀라긴 왜 놀래?"

"채주님 성격상 무리가 있더라도 무조건 공격을 할 줄 알았으니까요."

자우령이 너털웃음과 함께 맞장구를 쳤다.

"그러게. 노부 또한 그럴 줄 알았는데 순순히 퇴각을 결정해서 좀 의외였다."

"그럴려고 했지요. 일월쌍웅인가 뭔가 하는 쌍둥이 노인네들만 없어도 공격을 감행했을 겁니다. 하지만 그자들이 웅묘채에 있는 이상 공격은 분명 무리예요."

유대웅이 입술을 살짝 곱씹으며 말했다.

"일월… 쌍웅? 아, 그놈들."

자우령이 기억이 난다는 표정으로 물었다.

"그자들이 이곳에 있다고?"

"예."

"제법 강한 놈들이지. 잘했다. 네가 그들을 상대 못하리라 여기진 않지만 피해가 커졌을 게야."

"예, 그래서 포기하려고 했습니다. 방금 전까지는요."

유대웅의 눈빛은 어느새 투지로 빛나고 있었다.

"그냥 철수할 생각은 아니겠지?"

"물론이지요. 그랬다면 연락선만 띄웠을 겁니다. 어차피 도착은 못했겠지만."

씁쓸히 웃은 장청이 정색을 하곤 말을 이었다.

"말씀을 들어보니 놈들의 동태는 어느 정도 파악하고 계신 것 같습니다."

"물론이다. 확인도 해보지 않고 포기할 수는 없잖아."

"어떻습니까?"

유대웅은 자신이 웅묘채에서 보고 온 모든 것을 자세히 설명을 하였다.

무표정한 얼굴로 듣고 있는 장청.

하나, 사람들은 느끼고 있었다.

지금 이 순간, 그의 머리가 얼마나 빨리 회전하고 있는지를.

유대웅의 설명이 끝나기가 무섭게 장청이 입을 열었다.

"역시 핵심은 일심맹의 정예들을 얼마나 빨리, 피해없이 제압하느냐에 달린 것 같습니다. 그자들만 제압하면 다른 자들은 크게 문제가 되지 않을 것 같습니다. 우선 일월쌍웅이란 자들은……."

"내가 맡지."

자우령이 가슴에 품고 있는 애도의 손잡이를 툭 치며 말했다.

직접 그들을 상대하고 싶었던 유대웅이 다소 아쉬운 표정을 지었지만 별다른 말을 하지는 않았다.

"채주께선 그리 아쉬워하지 마십시오. 가장 중요한 임무가 있으니까요."

"뭔데?"

"앞서 말씀드렸듯이 이번 싸움의 핵심은 일심맹의 정예들을 얼마나 빨리 무너뜨리느냐에 있습니다."

"나보고 그놈들을 맡으라는 말이군."

"예. 다른 곳에 아예 신경 쓸 엄두를 내지 못할 만큼 매섭게 몰아치셔야 될 겁니다."

"그거야 쉽지."

별일 아니라는 표정으로 간단히 대꾸하는 유대웅을 보며 다들 기가 질린 표정을 지었다.

웅묘채에 머물고 있는 일심맹 정예의 수는 무려 육십.

어지간한 수채 한둘은 하룻밤 사이에 잿더미로 만들 정도로 막강한 전력임에도 전혀 신경 쓰지 않는 그의 광오함에 놀란 것이다.

그만큼 든든한 마음이 드는 것도 사실이었다.

"정문을 돌파한 뒤, 공격은 세 방향으로 나누어 하겠습니다."

바닥에 간단히 그림을 그린 장청이 조건에게 고개를 돌렸다.

"좌측은 조 대협께서, 먼저 온 이들을 이끌어주십시오."

"맡겨주시오."

조건이 힘주어 대답했다.

"우측은 곽 대협께서 공략해 주시지요. 후발대 중 일부를 이끄시면 될 겁니다."

"그리하겠소."

곽무성이 자신감 넘치는 모습으로 고개를 끄덕였다.

"정면은 당연히 나로군."

유대웅이 초천검으로 웅묘채라고 표시된 곳을 찍으며 말했다.

"예. 장 어르신과 이휘 대협께서 뒤를 받쳐 주시면 될 것이고 자 어르신께선 싸움과는 상관없이……."

"염려하지 말아라. 그자들이 싸움에 끼어드는 일은 결코 없을 테니까."

가볍게 내던지는 말이었지만 자우령의 말에는 어딘지 모르게 강한 믿음을 갖게 하는 힘이 있었다.

"참고로 각자 지휘하는 수하들의 행동을 제대로 통제해 주십시오. 자칫 분위기에 휩쓸리면 전혀 엉뚱한 결과가 나올 수 있습니다."

장청은 곽무성과 조건이 제발 걱정하지 말라며 말릴 때까지 몇 번이고 같은 말을 강조하였다.

　　　　　*　　　　　*　　　　　*

　아침이 밝으려면 꽤나 긴 시간이 필요했지만 일월쌍웅 중 형인 탁평(卓萍)은 한참이나 잠을 이루지 못하고 있었다.

　정확히 따지자면 반 시진 전, 밖에서부터 밀려들어 온 묘한 기운을 감지한 직후부터였다.

　기운의 근원지를 찾아보기도 하였으나 눈에 띄거나 느껴지는 것은 아무것도 없었다.

　그럼에도 그는 잠을 이루지 못했다.

　이상하게 가슴이 뛰고 마음이 진정되지 않았다.

　그 모든 것이 반대파의 공격을 뚫고 웅묘채에 있는 황금을 무사히 혈사림으로 운반해야 한다는 중압감 때문이라 여기며 애써 마음을 편히 가져보려 하였지만 시간이 갈수록 불안감은 커져만 갔다.

　"후~"

　불안감을 이기지 못한 탁평이 무기를 꺼내 들었다.

　정성스레 검 손질을 시작하자 언제나 그렇듯 마음이 조금은 편해지는 것 같았다.

　바로 그때였다.

　우레와 같은 함성이 들려왔다.

　그 함성이 아군의 것이 아니라는 것은 너무도 자명한 것.

　그때까지 잠을 자고 있던 탁원(卓遠)이 번개같이 일어나며 검을 낚아챘다.

반면 탁평은 올 것이 왔다는 듯 비교적 차분한 모습이었다.

"적이냐?"

탁원이 허겁지겁 옷을 챙겨 입으며 물었다.

"아마도. 아까부터 낌새가 이상하다 싶더니만 결국 사단이 났군."

"기문채나 연산채 놈들이겠지. 아니면 두 놈이 한꺼번에 왔던지. 하룻강아지 같은 놈들이 감히 누구를 넘봐."

탁원이 살기 띤 눈을 부라리며 소리쳤다.

"우선 나가보자. 기습을 당한 이상 빨리 수습하지 않으면 곤란해질 수 있어."

고개를 끄덕인 탁원이 탁평과 어깨를 나란히 하며 문을 나섰다.

곳곳에서 일어난 불길이 주변을 대낮같이 밝히고 있었다.

"음."

탁평의 입에서 신음이 흘러나왔다.

하늘 높은 줄 모르고 치솟는 불길에 미쳐 날뛰는 인영들. 하지만 수많은 사람들이 한데 뒤섞여 대체 누가 아군이고 적 군인지 알 길이 없었다.

"뭐야? 대체 어떤 놈들이 적이야!"

탁원이 사방을 둘러보며 소리쳤다.

"여기서 이럴 것이 아니라 일단은 적삼에게로."

적의 목표가 웅묘채가 아니라 혈사림으로 운반해야 할 황금이라 예상되는 지금, 황금이 보관되어 있는 적삼의 처소는 무슨 일이 있어도 보호를 해야 했다.

일월쌍웅은 눈깜짝할 사이에 적삼이 머무는 전각에 도착했다.

다행히 불길은 보이지 않았지만 적의 공격은 이미 시작된 상태였다.

"어르신."

제대로 옷도 챙겨 입지 못하고 이리저리 날뛰고 있던 적삼이 일월쌍웅을 알아보곤 황급히 달려왔다.

"어찌 된 일이냐?"

탁평의 물음에 적삼이 거친 숨을 몰아쉬며 대답했다.

"기습을 당한 것 같습니다. 수하들 말에 의하면 사방에서 적이 쏟아지고 있다고 합니다."

"기문채 놈들이냐?"

"모르겠습니다. 난데없이 시작된 기습이라 제대로 파악을 하지 못하고 있습니다."

탁원의 입에서 욕설이 터져 나왔다.

"병신 같은 놈들. 제대로 하는 일이 없군."

순간, 적삼의 눈이 세모꼴로 모아졌다.

참기 힘든 모욕감이 머리끝까지 치고 올라왔지만 일월쌍웅이기에 참을 수밖에 없었다.

"황금은 무사하냐?"

탁원이 물었다.

"아직까진 무사합니다만 적이 누구고, 어느 정도의 규모인지 모르는 상황이라 언제까지 버틸 수 있을지 모르겠습니다."

"무슨 일이 있어도 버텨야 한다."

탁평이 착 가라앉은 목소리로 당부를 하고 탁원에게 눈짓을 보냈다.

탁원이 고개를 끄덕이고 몸을 돌렸다.

당황한 적삼이 탁평의 소매를 붙잡고 물었다.

"어, 어디를 가시려는 것입니까?"

"이대로 앉아서 당할 수는 없잖느냐? 수세에 몰렸다고 하여 계속 물러나기만 하면 아무것도 해보지 못하고 당하는 수가 있다. 최선의 방어는 공격이다."

탁평이 불안에 떠는 적삼을 안심시켰다.

"너무 걱정하지 마라. 비록 기습을 당했다고는 하나 그렇게 넋 놓고 당할 우리가 아니니까."

"미, 믿고 있겠습니다, 어르신."

적삼이 깊숙이 허리를 꺾었다.

나름 규모가 있는 수채의 채주로서 일견 비굴해 보이기는 했지만 자신에게 조금이라도 이득이 되는 일이라면 거렁뱅이한테라도 고개를 숙일 수 있는 사람이 바로 적삼이었다. 지금껏 그런 처세술로 웅묘채를 이만큼이나 키워내고 유지시킨 것이기에 그의 얼굴에 티끌만치의 부끄러움도 없었다.

*　　　*　　　*

"허!"

탁평의 입에서 경악성이 터져 나왔다.

그들의 정면, 뭐라 말로 표현하기 힘든 상황이 벌어지고 있었다.

"대체 이게……."

탁원 또한 두 눈을 부릅뜨며 눈앞의 광경을 어찌 생각해야 할지 당황스러워했다.

명색이 일심맹의 정예였다.

여타 수적들과는 애당초 수준이 다른, 개개인이 무림 어디에 내놓아도 부끄럽지 않을 정도의 실력을 지닌 자들. 한데 그들이 단 한 사람을 어찌하지 못해 전전긍긍하고 있었다.

모양새야 수십 명이 한 사람을 가운데 두고 합공을 하는 것이 분명한데 어찌 된 것인지 오히려 그에게 사로잡혀 꼼짝을 못하는 것처럼 보였다.

"저, 괴물 같은 놈은 뭐지?"

탁원이 일심맹의 정예들을 농락하고 있는 유대웅을 보며

물었다.

탁평이라고 알 리가 없었다.

대신 그는 유대웅과 조금 떨어진 곳에서 여유롭게 움직이고 있는 장우기에게 시선을 두고 있었다.

"장… 우기."

팔이 욱씬거렸다.

상처야 오래전에 아물었지만 그날의 아픔을 떠올리자 절로 고통이 느껴졌다.

그의 마음이 전해진 것일까?

탁원의 시선이 탁평을 따라 장우기에게 향했다.

비로소 알 수가 있었다.

웅묘채를 공격한 것은 기문채나 연산채 따위가 아니라는 것을.

"장우기!"

탁원이 장우기를 향해 야수와 같이 울부짖었다.

살을 에는 듯한 끔찍한 살기가 그의 전신에서 뿜어져 나왔다.

바로 그때였다.

탁원의 살기를 간단히 지워 버릴 정도로 강력한 기운이 일월쌍웅을 휘감았다.

탁평과 탁원이 동시에 몸을 돌렸다.

그들은 오 장 정도 떨어진 곳에서 자신들을 응시하는 한 노인을 발견할 수 있었다.

그곳에 언제부터 있었는지는 알 수 없지만 장우기 따위는 한순간에 기억에서 지워 버릴 정도로 엄청난 존재감을 느끼게 해주는 노인이었다.

"네놈들이 끼어들 자리가 아니다."

평소의 성격대로라면 당장 발작해야 할 탁원이 침을 꿀꺽 삼키며 아무런 말도 하지 못했다.

"내 기억이 틀리지 않는다면 혹 자 선배 아니시오?"

탁평이 불안감에 흔들리는 눈동자를 애써 감추며 물었다.

"용케 기억을 하고 있구나."

자우령이 코웃음을 쳤다.

"자 선배? 자 선배라면… 헉!"

비로소 자우령의 얼굴을 제대로 확인한 탁원이 기겁할 듯 놀라며 뒷걸음질쳤다.

"저 못난 놈도 여전하고."

자우령이 한심하다는 표정으로 고개를 흔들었다.

"오랜만이외다."

탁평이 나름 예를 차릴 때, 자우령이 빈 소매만 펄럭이는 그의 왼팔을 바라보았다.

"쯧쯧, 그렇게 쓸데없는 짓은 말았어야지."

탁평의 입가에 씁쓸한 웃음이 나타났다 사라졌다.

"여, 여기는 무슨 일로 온 것이오?"

탁원이 떨리는 음성으로 물었다.

자우령은 대답 대신 일월쌍웅을 가만히 바라만 보았다.

"제길! 순순히 당할 줄 알아!"

무심한 듯 무심하지 않은 얼굴에서 죽음의 기운을 느낀 탁원이 이를 악물며 검을 곧추세웠다.

피할 수만 있다면 어떻게든 피해야 하는 싸움이건만 그럴 수 없게 된 상황을 한탄하며 탁평 또한 검을 힘주어 잡았다.

"후회를 남기고 싶지 않다면 처음부터 최선을 다해야 할 거다."

자우령의 경고에 탁원이 격렬하게 반응했다.

"개소리!"

무공을 폐지당하고 뇌옥에 갇혔던 십여 년 동안 피눈물로 완성한 단혼구절(斷魂九絶)의 절초가 자우령의 옆구리를 파고들었다.

자우령이 매섭게 짓쳐드는 탁원의 검을 향해 가볍게 소매를 흔들었다.

"미친!"

자우령의 광오함에 탁원의 입에서 욕설이 터져 나왔다.

하나, 자신의 공격이 자우령의 소맷단에 의해 흔적도 없이 사라지는 것을 보며 기겁할 수밖에 없었다.

순간, 수십 개의 비침이 탁원을 압박하던 자우령에게 소리

없이 날아들었다.

탁원에 대한 공세를 거둔 자우령이 소맷자락을 휘둘러 비침을 모조리 휘감아 쳐냈다.

탁원을 위기에서 구한 탁평이 때마침 발밑에 쓰러져 있는 수적의 몸을 걷어찼다.

날아오는 시신을 보며 자우령이 미간을 찌푸렸다.

이미 목숨을 잃은 자의 시신을 훼손하기 싫었던 자우령이 슬쩍 몸을 틀 때, 시신 뒤에서 탁평의 모습이 떠올랐다.

동시에 사분오열된 시신이 자우령의 시야를 가리고, 그 틈을 이용한 탁평의 검이 일직선으로 찔러 들어왔다.

자우령의 눈빛이 서늘해졌다.

그는 어쩌면 자신의 수하였을지도 모르는 자의 시신까지 공격에 이용하는 탁평의 행위에 분노했다.

마침내 그가 칼을 빼들었다.

"조, 조심!"

탁원이 안타깝게 소리쳤다.

상황은 이미 기호지세(騎虎之勢)였다.

탁평은 멈출 수가 없었다.

멈추는 순간이 바로 자신의 최후였다.

무리를 해서라도 지금의 기세를 이어나갈 필요가 있었다.

탁평이 전신의 내력을 끌어올려 검에 실었다.

단 한 번의 공격에 목숨을 걸겠다는 그의 의지가 검에 실렸다.

최소한 아무런 힘도 써보지 못하고 무너지지는 않을 것이란 자신감이 들 정도로 위력적인 일격이었다.

하나 그의 각오, 혼신의 힘을 다한 공격의 상대는 다른 누구도 아닌 자우령이었다.

일도파산이라는 별호를 그에게 안겨준 천뢰육도 중 낙성일휴(落星一休)라는 초식이 그의 분노를 담아 발출되었다.

그것으로 끝이었다.

탁평은 자신의 공격을 간단히 분쇄하며 쇄도하는 칼을 보고 허탈하게 웃었다.

세인들이 어째서 그에게 일도파산이라는 별호를 안겨주며 두려워 마지않는지를 뼈저리게 느끼면서.

탁평의 검이 산산조각이 나며 사방으로 흩어졌다.

검을 들고 있던 팔이 허공으로 치솟고, 뒤를 따라 붉은 핏줄기가 뿜어졌다.

"형님!"

탁원이 놀라 부르짖었다.

평생 동안 처음 들어보는 형님이란 소리에 탁평의 입가에 희미한 미소가 지어졌다.

"도망… 쳐."

힘겹게 한마디를 내뱉은 탁평의 신형이 힘없이 무너져 내렸다.

"으아아아!"

괴성을 내지른 탁원이 자우령을 향해 돌진했다.

그렇게 일월쌍웅이란 이름은 세상에서 지워졌다.

巫山三峡

第十八章
칩거(蟄居)
그리고 비상(飛上)

웅묘채와의 싸움을 승리로 끝내고 상당한 양의 전리품을 챙겨 귀환한 뒤 와호채의 분위기는 그야말로 최고였다.

　곳곳에서 술판이 벌어졌고 서로의 무용담을 나누며 승리의 쾌감을 만끽했다.

　들뜬 분위기는 수뇌들이라고 다르지 않았다.

　장청이 전리품에 대한 간략한 보고를 하는 동안에도 그들은 웃음을 거두질 못하고 있었다.

　"…황금이 금자로 환전해서 대략 오천 냥 정도 되고 상당한 양의 무기와 식량을 얻었습니다. 더불어 포로로 끌고 가는 자들의 수가 정확히 구십구 명입니다. 아쉽지만 배는 포기했습니다."

장청의 말에 장우기가 고개를 끄덕였다.

"잘했네. 아깝긴 하지만 어차피 마도하에선 움직일 수도 없는 것이니. 그런데 군사의 표정이 왜 그리 어두운가? 무슨 걱정이라도 있는 것인가?"

싸움이 끝나고 적삼의 항복을 받을 때부터 지금까지 내내 어두운 표정을 짓고 있는 장청의 표정이 마음에 걸렸던 장우기가 걱정스럽게 물었다.

그렇잖아도 내심 마음에 걸렸는지라 모두들 긴장된 얼굴로 장청의 대답을 기다렸다.

"피해가 너무 컸습니다."

뭔가 심각한 것이 있으리라는 그들의 예상과는 전혀 다른 대답에 다들 맥이 탁 풀렸다.

"적의 수가 무려 삼백이었소. 백여 명의 인원으로 공격을 해서 고작 스무 명을 잃었을 뿐이면 이 이상의 대승이 어디 있단 말이오."

조건과 함께 공격을 이끌었던 곽무성이 다소 불쾌한 기색으로 입을 열었다.

순간, 장청의 눈매가 날카롭게 변했다.

"고작 스무 명이라니요. 노약자를 제외하면 와호채 전력의 이 할에 육박하는 엄청난 숫자입니다. 게다가 상대를 생각해 보십시오. 무림을 호령하는 문파의 제자들도 아니고 한 지역을 두고 영역다툼을 하는 일심맹과의 싸움이었습니다."

장청이 정색을 하자 곽무성이 무안한 얼굴로 입을 다물었다.

"무엇보다 제가 안타까워하는 것은 그 피해 또한 최소한으로 줄일 수 있었기 때문입니다."

"그건 또 무슨 말인가?"

유대웅과 더불어 일심맹의 정예를 쓸어버리느라 전황이 전체적으로 어찌 돌아갔는지 파악을 하지 못하고 있던 장우기가 고개를 갸웃거리며 물었다.

"제가 싸움에 앞서 누누이 말씀드린 것이 있습니다. 비록 우리 병력이 자 어르신의 훈련을 받았고 실력 또한 일취월장했지만 적의 숫자가 많은 만큼 조심 또 조심을 해야 한다고요. 병력을 이끄는 분들께서 수하들을 완벽하게 통제를 해야 한다고요."

장청의 날카로운 눈이 조건과 곽무성에게 향했다.

"하지만 실패했습니다. 기습에 당황한 적이 제대로 대항을 하지 못하고 승기가 기울자 다들 승리감에 도취되어 미쳐 날뛰더군요. 심지어 약탈을 하느라 정신없는 자들도 있었습니다. 피해는 그때부터 집중적으로 발생했습니다. 만약 일월쌍웅을 간단히 제압하신 자 어르신의 엄청난 신위와 일심맹 정예들을 쓸어버린 채주님의 활약에 웅묘채의 채주가 싸움을 포기하지 않았다면 피해는 더욱 심각해졌을 겁니다."

장청의 날카로운 추궁에 다들 얼굴이 벌게져 고개를 숙였다.

장청이 한숨을 내쉬며 한발 물러나자 이번엔 장우기가 노호성을 터뜨렸다.

"군사의 말이 사실인가?!"

"……."

조건과 곽무성은 물론이고 그들을 옆에서 보필했던 이들까지 모두들 고개를 들지 못했다.

"어허, 한심한."

장우기는 어처구니없다는 듯 탄식을 내뱉었다.

승리로 들떴던 분위기는 어느덧 착 가라앉았고 오히려 패배라도 한 듯 침울하기까지 했다.

회의가 시작되기 전, 장청으로부터 이번 싸움으로 드러난 여러 문제점에 대한 보고를 전해 듣고 침묵하고 있던 유대웅이 입을 열었다.

"중요한 것은 이미 벌어진 일이 아니라 앞으로의 일 같습니다. 이와 같은 일이 다시는 벌어지지 않도록 해야지요."

"그렇긴 하지만……."

장우기는 아직도 화가 가라앉지 않은 것인지 여전히 상기된 얼굴이었다.

"해서 분위기를 일신하고 와호채의 비상을 위해 지금부터 몇 가지 계획에 대해 말씀드리겠습니다. 군사."

"예, 채주."

"시작해."

"알겠습니다."

장청이 가볍게 예를 표하고 궁금한 표정을 짓고 있는 이들을 둘러보았다.

"얼마 전, 미흡하나마 제가 와호채의 군사가 되었습니다. 이후, 어떻게 하면 와호채가 장강을 휘어잡고 나아가 무림의 여타 세력들과 어깨를 나란히 할 수 있을지 고심을 해보았습니다."

"허, 벌써 계획이 세워졌단 말인가?"

장우기가 감탄성을 내뱉었다.

"기대가 되는군."

덧붙이는 자우령의 한마디는 장청에게 힘을 실어주었다.

"와호채는 장강에 존재하는 수많은 수채들과 비교해 보았을 때 중급 정도의 규모를 지니고 있습니다. 생각보다 조직도 간단하지요. 당연합니다. 채주를 정점으로 몇몇 수뇌들의 힘만으로 충분히 신속, 정확한 명령체계가 가능하고 일사불란하게 움직일 수 있으니까요. 하지만 와호채의 미래를 생각한다면 이런 주먹구구식의 조직으로는 아무것도 할 수가 없습니다. 고작 한 지역의 맹주로 머무를 뿐이지요. 해서 우선적으로 와호채의 조직을 구체화시키고 세분화시킬 생각입니다. 참고로 말씀드려서 제가 생각한 와호채의 조직도는 와호채의 규모가 최소한 오백 이상 되었을 때를 감안한 것입니다."

"……."

장청의 말에 다들 할 말을 잃었다.

이제 겨우 백오십이 조금 넘는 와호채의 규모를 감안했을 때 앞서 가도 너무 앞서 가는 듯한 느낌을 받았다.

하나, 확신에 찬 장청의 표정에서 아무도 그런 의문을 제기하지 못했다.

"채주님의 조언에 더해 제가 구상한 와호채의 조직은 다음과 같습니다."

어느새 벽에는 장청이 구상하고 있는 조직도가 걸려 있었다.

"정점은 당연히 채주님. 그 밑으로 장로원을 두겠습니다. 장로원은 와호채의 행사에 대한 전반적인 사항에 대해 의견을 개진할 수 있고 아울러 채주에게 조언을 할 수 있습니다. 채주의 결정권에 대한 간섭을 가급적 배제하되 채주의 잘못된 판단을 막기 위해 장로원에서 만장일치로 의결된 사항에 대해선 채주도 이를 받아들여야 한다는 규정을 두겠습니다."

장청의 시선이 자우령과 장우기 등에게 향했다.

"현재 와호채에서 장로로 추대되실 분은 앞에 계신 두 분뿐입니다. 자우령 어르신께선 무림에서도 그 명성이 두루 알려지셨고 무공 또한 발군이십니다. 더불어 채주님과의 관계를 감안했을 때 태상장로님으로 모시는 것이 적당할 것입니다."

이의가 있을 리가 없었다.

"당연히 제일장로님은 장우기 어르신께서 맡아주셔야겠습니다."

"허허, 그러지. 이거 영광이군."

장우기가 환한 얼굴로 기쁨을 표했다.

"다음으로 호법전이 있습니다. 장로원과 더불어 와호채의 정신적 지주가 되실 분들이 속할 곳이지만 현재 해당되시는 분은 없습니다."

장청은 좌중의 반응은 전혀 신경 쓰지 않고 빠르게 말을 이어갔다.

"군사 직속으로 운밀각(韻密閣)을 두겠습니다."

"운밀각이 무엇이오?"

조건이 물었다.

"정보조직입니다. 한 나라의 흥망성쇠까지 좌우하는 것이 바로 정보력으로 아무리 무력이 강하다 한들 정보를 제대로 취급하지 못한다면 무식하면서 힘만 센 인간과 하등 다를 것이 없습니다. 이번 웅묘채와의 싸움만 보더라도 정보력이 얼마나 중요한 것인지 알 수가 있습니다. 만약 웅묘채에 대규모 병력이 운집해 있다는 정보를 제때에 습득하지 못했다면 지금과 같은 결과는 없었을 것입니다."

다들 고개를 끄덕여 동의를 표했다.

"운밀각에선 우선적으로 장강의 물길에 관한 모든 정보를 취급할 것이고 나아가 무림 전반에 대한 정보 역시 모으게 될 것입니다."

"하지만 그 정보조직이라는 것이 상당히 전문적이라 단시간 내에 키워지는 것이 아니지 않나? 난 그렇게 알고 있는데."

장우기가 염려스런 얼굴로 말했다.

"예, 어르신 말씀이 맞습니다. 정보조직은 그 특성상 결코 단시간 내에 이뤄질 수 없습니다. 일국의 나라에서 심혈을 기울여서도 제대로 된 정보조직을 지니려면 짧게는 수년에서 길게는 십수 년까지 걸립니다. 하나, 힘들다고 만들지 않을 수 없습니다. 와호채가 세상으로 비상을 하려면 반드시 있어야 합니다. 어쩌면 장강일통의 성패가 여기에 달려 있다고 해도 과언은 아닙니다. 그렇다고 서둘 생각은 없습니다. 서둔다고 하루아침에 될 것이 아니니까요. 우선 적당한 자를 선별하여 특성에 맞는 훈련을 시키는 것으로 출발을 해볼까 합니다."

장청의 열변에 분위기는 숙연해지기까지 했다.

어느 정도 이해를 시켰다고 여긴 장청이 다시금 조직도를 가리켰다.

"채주님 직속으로 두 개의 단체를 두겠습니다. 하나는 채주님의 신변을 보호하는 수호대로 명칭은 호천단(護天團)으로 하겠으며 단주는 전 시위상직군의 교두로 계셨던 이휘 공께서 맡으시겠습니다."

자신이 호명되자 벌떡 일어난 이휘가 유대웅을 향해 예를 취했다.

한데 호천단 단주에 이휘의 이름이 호명되자 다들 조금은 염려스런 표정을 지었다.

마음에 들지 않는 이유야 저마다 제각각이겠지만 공통적으로 느끼는 것은 그가 이제 막 와호채에 합류한 신출이라는 것이었다.

그들의 불안한 마음을 알아주기라도 하듯 자우령이 입을 열었다.

"그런데 군사."

"예, 어르신."

"채주를 보호하는 자리라면 그만한 실력이 있어야 할 터. 내 저 친구를 폄하하자는 얘기는 아니지만 호천단의 단주가 되기엔 실력이 다소 부족한 것 같은데."

순간, 이휘의 얼굴이 딱딱하게 굳었다.

하지만 상대가 채주의 조부이자 무림에서도 명성이 높은 일도파산이기에 감히 반발을 하지 못했다.

"부족한 실력이야 어르신께서 애써주시면 될 것입니다. 중요한 것은 호천단에 드는 이들은 무공도 무공이지만 무엇보다 채주에 대한 충성심으로 똘똘 뭉친 자들이어야 한다는 겁니다. 그런 면에서 다소 실력은 부족하지만 이휘 공은 호천단주로서 적격이라 생각합니다."

장청의 설명은 안타깝게도 설득력이 없었다.

불편한 기운을 감지한 이휘가 벌떡 일어났다.

"친구라는 놈의 간계에 휘말려 관직을 잃고 쫓겨나 장강의 귀퉁이에서 숨어 지낸 지 칠 년. 놈이 보낸 자객들에 의해 사랑하는 처를 잃었소이다. 때마침 이 못난 놈을 거두고자 하던 채주가 나타나지 않았다면 놈들의 비정한 칼끝 아래 아들과 두 딸마저 목숨을 잃었을 터. 금수가 아닌 이상 그 은혜를 어찌 말로 할 수 있겠소. 충성심을 증명하라면 지금 이 자리에서 증명할 수도 있소. 하나, 목숨까지는 원하지 마시오. 내 목숨은 오직 채주를 위한 것이니."

말을 마침과 동시에 칼을 꺼낸 이휘가 한순간의 망설임도 없이 왼쪽 팔을 향해 내리쳤다.

미처 말릴 사이도 없이 벌어진 일이었다.

갑자기 벌어진 일에 다들 놀란 눈으로 바라만 보고 있을 때, 이휘의 칼과 팔 사이에 또 하나의 칼이 날아들었다.

캉!

섬뜩한 금속음이 모든 이들의 마음을 서늘하게 만들었다.

결과적으로 이휘의 팔은 무사했다.

자우령이 찔러 넣은 칼이 간발의 차이로 이휘의 팔을 지켜 낸 것이다.

"진심을 담았군."

자우령은 칼을 쥔 손에서 전해오는 충격에서 이휘의 행동이 주변의 눈을 의식한 것이 아니라 진심을 담은 행동임을 모두에게 확인시켜 주었다.

"호천단주의 자격이 무공이 아니라 단순히 충성심을 우선시한다면 누구도 토를 달지 못하겠어."

자우령의 말이 끝나기가 기다렸다는 듯 유대웅이 성난 얼굴로 이휘를 불렀다.

"이 단주."

"예, 채주."

"이게 무슨 짓이오?"

"……"

가만히 이휘를 응시하던 유대웅이 한숨을 내쉬며 말했다.

"내 허락 없이는 머리카락 한 올도 함부로 하지 마시오. 이후에도 이런 짓을 한다면 결코 용서치 않겠소."

"명심하겠습니다."

이휘가 유대웅을 대하는 태도에는 한 점의 가식도 없었다.

그제야 공연한 걱정으로 좌중의 분위기만 어색해졌다고 느끼는 이들. 그들을 대표하여 장우기가 정중히 사과를 했다.

"미안하네. 내가 그대의 마음을 헤아리지 못했군. 앞으로 채주님을 잘 부탁하네."

"편히 말씀하십시오. 그리고 걱정하지 마십시오. 목숨을 걸고 지킬 것입니다."

장우기와 이휘의 대화가 마무리되자 장청이 말을 이어갔다.

"호천단의 규모는 차후 와호채의 성장세를 감안하여 결정토록 하겠습니다. 호천단과 더불어 감찰단을 채주님의 직속으로 하겠습니다. 금성철벽이라도 조그만 구멍으로부터 그 근간이 흔들릴 수 있는 것. 무릇 한 세력이 힘을 얻기 시작하면 반드시 부정부패가 만연할 수밖에 없고 이를 방치하면 결국엔 그 조직의 생명까지 위태롭게 만들게 됩니다. 감찰단은 철저한 조사를 통하여 이와 같은 분란의 싹을 미리 잘라내는 역할을 하게 될 것입니다. 아직 단주는 정하지 못했습니다. 다만 도 대협께서 감찰단의 부단주를 맡아주십시오."

도걸상은 생각지도 않다가 감찰단 부단주 직에 자신이 지목되자 얼떨떨한 심정이었다.

게다가 대협이라니. 그만큼 낯간지러운 말이 또 어디 있을까.

"대협이라니. 당치도 않소. 아무튼 이런 놈에게 그런 중책을 맡기시다니 최선을 다하겠습니다, 채주."

벌떡 일어난 도걸상이 유대웅에게 허리를 꺾었다.

유대웅은 고개를 살짝 끄덕이며 씨익 웃어주는 것으로 인사를 받았다.

"참고로 당분간은 감찰단이 와호채의 규율까지 책임을 져주셔야 할 것 같습니다. 곧 규율을 감독하고 처벌하는 곳을 따로 두겠지만 아시다시피 현재 인원으론 어림도 없는 상황이라 부득이 감찰단의 힘을 빌려야 할 것 같습니다."

"걱정하지 마시오, 군사. 확실히 책임지도록 하겠소."

자신을 감찰단 부단주로 선택한 것에 대한 고마움 때문인지 도걸상은 장청을 군사의 지위로 깍듯하게 대하고 있었다.

"무력을 담당하게 될 조직은 와호채라는 이름에 빗대어 각기 백호대(白虎隊), 적호대(赤虎隊), 흑호대(黑虎隊), 황호대(黃虎隊)로 분류될 것이며 선임대주는 백호대주가 될 것입니다. 백호대주는……."

장청의 시선이 조건에게 향하자 그를 따라 모든 시선이 그에게 쏠리게 되었다.

조건은 자신도 모르게 침을 꿀꺽 삼켰다.

내색은 하지 않았지만 약간은 기대에 찬 눈빛이었다. 하나, 장청은 이내 조건에게 둔 시선을 거두고 자우령을 불렀다.

"어르신."

"왜 그러느냐?"

"외람되지만 몇 가지 질문을 해도 되겠습니까?"

"말해보거라."

"어르신께서 지난 시간 동안 와호채의 모든 이들을 훈련시키셨다 들었습니다."

"그랬지."

자우령이 흥미롭다는 듯 고개를 끄덕였다.

"하면 그들의 실력을 정확하게 아실 터. 객관적으로 무림에서 통용되는 수준과 비교해 어떻다고 보십니까?"

"흠, 글쎄. 기준이 다소 애매한데."

"대략적이라도 상관은 없을 듯싶습니다."

"흠."

장청이 정색을 하고 부탁을 하자 거기엔 그만한 이유가 있을 것이라 여긴 자우령이 잠시 생각에 잠기다 입을 열었다.

"절대적인 기준은 없지만 통상적으로 무림에서 통용되는 무공 수준의 단계를 살펴보면 아래서부터 삼류, 이류, 일류, 절정, 최절정 정도로 나뉜다."

"그 이상은 없는 것입니까?"

"물론 있다. 현 무림의 최강자로 꼽히는 십강을 비롯하여 몇몇 고수들은 최절정을 넘어서 절대고수라 칭할 수 있을 것이다. 세분하여 화경이니 현경이니 하는 말들이 있기는 하지만 그 역시 나누기 나름일 터. 큰 의미는 없을 것이다."

자우령이 주변을 둘러보다 말을 이었다.

"장 아우는 몸만 제대로 회복하면 능히 최절정고수라 부를 만할 것이네."

"과찬입니다."

장우기가 멋쩍은 웃음을 흘렸다.

자우령이 자신의 체면을 생각해서 조금 과장하여 말을 해준 것일 뿐 그는 자신의 실력을 정확하게 알고 있었다.

"호천단주와 저 친구가 일류에서 절정 정도 되겠군."

자우령이 이휘를 가리키며 말했다.

"부끄럽습니다."

이휘가 머리를 숙였다.

나름 자신의 무공에 자부심이 강했던 곽무성은 조금 불만이 있는 것 같았지만 다른 사람도 아니고 자우령이 내리는 평가인지라 겉으로 드러내지는 않았다.

"조건 정도가 간신히 일류라 할 수 있겠고."

조건은 꽤나 큰 충격을 받은 모습이었다.

"이해를 하지 못하겠다는 표정이구나."

자우령의 말에 퍼뜩 정신을 차린 조건이 고개를 흔들었다.

"아, 아닙니다."

"유감스럽지만 그것이 지금 너의 수준이다. 앞으로 더욱 노력해야 할 게다."

"며, 명심하겠습니다."

풀이 죽은 조건은 고개도 제대로 들지 못했다.

"걸상이 녀석을 비롯하여 이류 정도 되는 녀석도 제법 있기는 하지만 대부분이 평가 자체가 안 되는 수준이다."

장청이 다시 질문을 했다.

"너무 추상적이라 정확하게 파악할 수가 없습니다. 가령 일류의 수준이라면 다른 문파의 제자들과 비교했을 때 어느 정도 실력을 지닌 것입니까?"

"글쎄. 화산파나 무당 정도라면 정확하게는 모르겠지만 장로 급이라면 대부분 최절정에 이르렀을 것이고, 일대제자의 상당수가 일류에서 절정고수 정도라 여기면 아마도 이대제자 수준 정도? 아니면 다소 부족하거나."

"이대제자라 하시면……."

유대웅이 자우령을 대신해 대답했다.

"보통 이십 전후의 제자들이라 보면 된다."

순간, 좌중의 분위기가 착 가라앉았다. 비로소 와호채가 얼마나 보잘것없는 전력을 지닌 것인지 제대로 깨닫게 된 것이었다.

오직 지금의 분위기를 유도한 장청만이 별다른 반응을 보이지 않을 뿐이었다.

"곤란하게 되었군요."

장청이 조건을 바라보며 안타까운 표정을 지었다.

"솔직히 채주님과 저는 조 대협을 백호대의 대주로 생각하고 있었습니다. 하지만 백호대는 장차 무림을 질타할 와호채의 주력이라 할 수 있습니다. 문제는……."

"난, 난 자격이 없소."

고개를 흔드는 조건의 표정은 침울하기 그지없었다.

그런 조건의 심장에 장청은 눈 하나 깜짝하지 않고 비수를 내리꽂았다.

"예. 자격이 없습니다. 동네 조그만 무관도 아니고 장강을 도모하는 와호채의 주력을 책임지는 수장의 무공 수준이 일류에 겨우 들 정도에 불과하다면 웃음거리밖에 되지 않겠지요."

"과하다!"

장우기가 눈살을 찌푸리며 소리쳤지만 장청은 개의치 않았다.

"그러나 조 대협을 제외하곤 와호채에선 그 누구도 백호대의 대주가 될 수는 없습니다."

"……."

"그러니 반드시 조 대협께서 백호대의 대주가 되셔야겠습니다."

조건이 멍한 눈으로 장청을 바라보았다.

"지금 당장은 아닙니다. 와호채는 당분간은 일체의 대외활동을 멈추고 오직 실력을 쌓고 힘을 키우는 데 주력할 터. 다시 세상에 나설 때까지는 반드시 실력을 갖추십시오. 내가 백호대의 대주라고 당당히 선언을 하시란 말씀입니다. 그때까

지 백호대는 물론이고 적호, 흑호, 황호대의 대주 또한 공석
으로 둘 것입니다. 다시 말씀드리지만 실력이 없는 자들에게
과한 자리를 줄 수는 없는 것이니까요."

좌중의 시선이 일제히 조건에게 집중되었다.

천천히 고개를 드는 조건.

수치심 때문인지 아니면 스스로에 대한 분노 때문인지 그
의 눈은 벌겋게 충혈되어 있었다.

"약속… 하겠소."

조건이 피가 나도록 입술을 깨물며 장청을 응시했다.

온몸의 솜털이 곤두설 만큼 날카로운 눈빛에 놀랄 만도 하
건만 장청은 눈 하나 깜짝하지 않았다.

"기대하겠습니다."

가볍게 응수한 장청은 곧바로 다음 조직에 대해 설명을 시
작했고 그런 장청의 모습에 다들 질렸다는 듯 고개를 흔들며
감탄을 금치 못했다.

이후 장청의 설명은 배를 관리하고, 노꾼을 관리하고, 물품
을 관리하는 조직 등 몇 가지 조직에 대해 설명을 하고 그 모
든 조직을 총괄하는 총관으로 종리구를 임명한다는 것에서
일단 마무리가 되었다.

"와호채가 성장을 하면 할수록 더 많은 조직과 세분화가
필요하겠지만 현재까지는 이렇습니다."

유대웅이 말을 받았다.

"아울러 조금 전, 군사가 말한 대로 지금 이 순간부터 와호채는 잠정적으로 대외적으로 모든 행동을 접고 칩거를 하도록 하겠습니다. 기간은 대략 삼 년. 오직 생필품 조달을 위한 움직임만 허락하도록 하겠습니다."

"그만한 황금을 빼앗겼는데 일심맹이 가만히 있을까? 어쩌면 혈사림이 움직일 수도 있는 문제이고."

장우기의 물음에 유대웅이 장청을 바라보았다.

"내분으로 허덕이는 일심맹은 이미 그 힘을 잃었습니다. 더구나 이번 일로 큰 타격을 받았지요. 반대파들을 상대하는 것도 벅찰 겁니다. 혈사림은… 솔직히 걱정은 됩니다만 근래 들어 마황성과 충돌이 잦다고 하니 그 점에 기대어보지요."

다들 황당한 표정으로 바라보자 장청이 멋쩍은 미소와 함께 입을 열었다.

"부끄럽지만 진왕협과 와호채 주변에 제가 아는 몇 가지 진법을 설치하고 있습니다. 시간이 다소 걸리겠지만 진법이 완성되면 외부의 침입을 어느 정도는 차단시켜 줄 수 있을 겁니다."

사람들은 그제야 안심하는 눈빛이었다.

와룡숙을 일곱 살에 들어갈 정도의 능력이라면 뭔가 보여줘도 제대로 보여줄 것 같았기 때문이었다.

"제가 드릴 말씀은 모두 끝났습니다. 의문사항이 있으시면 질문하셔도 좋습니다."

장청의 말에 도걸상이 기다렸다는 듯 입을 열었다.

한데 정작 질문의 대상은 장청이 아니라 자우령이었다.

"그런데 어르신, 채주님의 실력은 어느 정도나 되는 것입니까?"

다들 궁금했지만 차마 물어보지 못한 것이기에 흥미로운 눈빛으로 자우령의 대답을 기다렸다.

자우령이 유대웅을 가만히 바라보았다.

"하하하, 뭘 그리 보십니까?"

유대웅이 민망한 듯 벌떡 일어나 문밖으로 나가 버리자 궁금증은 더욱 배가 되었다.

"솔직히 노부도 잘 모르겠다. 저놈이 본 실력을 워낙 감춰서."

기대했던 답이 아닌지 저마다 실망스런 표정을 지을 때, 자우령이 의미심장한 한마디를 더 남겼다.

"어쩌면 노부보다 강할지도."

*   *   *

구름 한 점 없이 맑고 청명한 날, 뒷바람까지 불어주어 운항하기 더없이 좋은 조건이었지만 중경과 남경을 오고 가는 대형상선 질풍호의 선장 경인문(京仁聞)의 얼굴은 긴장감이 역력했다. 지금 지나는 곳이 수적들로 악명이 높은 장강삼협이었기 때문이었다.

"주변 상황은 어떤가?"

경인문의 물음에 질풍호의 호위책임자인 화총(華聰)이 살짝 한숨을 내쉬었다.

"아직까지 별다른 낌새는 보이지 않습니다."

"안심할 수는 없겠지?"

"예. 평소라면야 감히 질풍호를 건드릴 놈들은 없을 것입니다. 겁 모르고 몇 번 덤볐다가 떼죽음을 당했으니까요. 하지만 만약 정보가 샜다면……."

주변엔 아무도 없었지만 밤말은 쥐가 듣고 낮말은 새가 듣는다고 행여나 정보가 새어나갈까 걱정한 화총의 음성은 경인문이나 겨우 알아들을 수 있을 정도로 작았다.

"그러니까! 왜 하필이면 그런 일이 벌어져서는."

생각할수록 복장이 터지는지 경인문의 표정이 일그러졌다.

강남상권을 꽉 잡고 있는 호반상련(湖畔商聯)에 소속된 질풍호엔 호반상련에서 고르고 고른 호위무사 삼십이 늘 상주하며 수적들로부터 배의 안전을 지키고 있었다.

특히 수장인 화총을 대신해 사실상 호위무사들을 지휘하고 있는 구전포(丘電捕)는 강남 일대에서도 알아주는 고수로 그의 명성만으로도 수적들은 감히 질풍호를 넘보지 못했다.

한데 지난밤, 의창에서 하루를 묵는 동안 구전포를 비롯해 하선을 하여 가볍게 식사를 하고 돌아온 호위무사들이 어찌된 일인지 모조리 토사곽란을 일으키며 쓰러지고 말았다.

급히 불러온 의원의 말로는 아무래도 그들이 술안주로 먹은 돼지고기에 문제가 있는 것 같다고 하였지만 그것뿐. 의원은 토사곽란엔 약도 없어 최소한 사나흘은 고생을 해야 겨우 몸을 추스를 수 있을 것이란 말을 남기고 돌아갔다. 물론 비밀을 보장한다는 명목으로 엄청난 거액을 챙기며.

배를 지키느라 하선을 하지 않은 아홉 명의 호위무사들을 믿고 배를 움직이느냐, 아니면 토사곽란을 일으킨 호위무사들이 몸을 추스를 때까지 기다리느냐는 기로에서 경인문은 고민을 거듭할 수밖에 없었다.

혼자 결정을 할 수가 없었던 경인문은 질풍호에 가장 많은 물건을 맡긴 호반상련 예하 은성상단(殷盛商團)과 대륙 삼대 상단으로 유명한 안평상련의 책임자를 불러 사안을 논의했다.

오랜 시간의 논의 끝에 하루만 늦어도 막대한 비용을 날려야 했던 두 상단의 책임자들이 웬만하면 호위무사들이 몸을 추스를 때까지 기다리자는 경인문의 의견을 무시하고 운항을 결정한 것이었다.

"하필이면 가장 위험한 삼협을 눈앞에 두고 호위무사들이 갑자기 토사곽란을 일으킨 것이 영 불길해. 끝까지 고집을 꺾지 않았어야 했다는 생각이 들어."

"두 상단의 책임자들이 그리 주장을 하는데 어쩔 수 없는 노릇이지요. 혹 일이 잘못되어도 선장님께 죄를 물을 수는 없을 것입니다."

화총의 말에 경인문이 씁쓸히 고개를 흔들었다.

"그 어떤 상황에서도 배의 운항을 결정하는 것은 선장의 몫. 책임도 당연히 내가 져야지."

"너무 걱정하지 마십시오. 아무 일 없을 겁니다."

"그랬으면 좋겠군. 대체 언제나 되어야 물길이 안정이 되려는지 모르겠군."

"그러게 말입니다. 한동안 잠잠한가 싶더니 또 난립니다. 장강삼협의 주도권을 놓고 싸우던 수적들이 내분을 정리했다는 말이 있더니 소문이 사실이었던 모양입니다."

"버러지 같은 놈들. 수적 놈들은 모조리 잡아다가 고기밥으로 만들어 버려야 하는데. 내가 십 년만 젊었어……."

무엇을 본 것일까? 호기를 부리려던 경인문의 눈이 화등잔만 해졌다.

화총의 눈이 천천히 돌아가고 저 멀리서 쏜살같이 접근하는 배 두 척을 발견했다.

"수, 수적들입니다."

화총이 놀라 부르짖었다.

"비상, 어서 비상을!"

경인문의 외침이 아니더라도 주변은 이미 난리가 났다.

그중에서도 누구보다 심각한 이들은 가장 많은 물건을 실은 데다가 위험하다는 선장의 경고를 무시하고 운항을 강요한 은성상단과 안평상련의 책임자였다.

"이, 이를 어찌해야 합니까?"

배가 불룩 튀어나온 은성상단의 책임자 신종(申棕)이 거의 울 듯한 표정으로 물었다.

경인문이 아무런 말도 하지 못하자 눈꼬리가 위로 치켜 올라가 상당히 날카로운 인상을 풍기는 중년인이 호통을 쳤다. 안평상련의 책임자인 고진곤(高診滾)이었다.

"선장이라면 무슨 대책이라도 있어야 할 것 아니오!"

경인문이 애써 화를 억누르며 말했다.

"운항을 하자고 주장한 사람은 그대들이오."

"그, 그렇긴 하지만."

"그건 그때고 지금은 그걸 논할 때가 아니라 대책을 세울 때요."

신종과는 달리 고진곤은 여전히 당당했다.

"대책이라……."

경인문은 한숨을 내쉬었다.

구전포를 비롯한 대다수의 호위무사들이 쓰러진 지금 별다른 대책이 있을 수 없었다.

보다 못한 화총이 물었다.

"두 상단에서 데리고 온 호위들은 몇이나 됩니까?"

"열 명이 채 안 됩니다."

신종이 울상을 지으며 대답했다.

"이쪽도 열 명이 되지 않소. 다른 배도 아니고 호반상련에 소속된 질풍호인지라 미처 데리고 오지 못했소."

고진곤도 한숨과 함께 고개를 떨구고 말았다.

"현 시점에서 우리가 선택할 수 있는 것은 오직 두 가지뿐인 것 같소."

신종과 고진곤이 기대에 찬 눈으로 경인문을 응시했다.

"싸우느냐, 아니면 굴욕적인 약탈을 감수하느냐."

"망할!"

고진곤이 욕지거리를 내뱉었다.

경인문은 신경 쓰지 않고 말을 이었다.

"제대로 무기를 다룰 수 있는 자들이 서른 정도. 하지만 선원들도 무기는 어느 정도 휘두를 수 있으니 싸운다고 해도 꼭 진다고 말하기는 어렵소. 물론 졌을 땐 몰살을 각오해야 할 것이오."

신종과 고진곤의 안색이 딱딱하게 굳었다.

"싸우는 것을 포기하면 놈들에게 막대한 돈을 뜯기게 될 것이오. 목숨은 부지할 수 있겠지만 두 상단이 입을 피해는 솔직히 예측하기 힘드오. 이번에도 선택권은 두 분께 드리겠소. 대신 빨리 선택해야 할 것이오. 시간이 그리 많지 않소."

경인문은 신종과 고진곤을 남기고 불안에 떠는 선원들을 달래고자 걸음을 옮겼다.

그는 이미 알고 있었다.

싸움은 없을 것이다.

제아무리 돈이 귀하다지만 목숨과 바꿀 정도는 아니기 때문이었다.

그의 예측은 정확했다.

그가 떠난 지 촌각도 되지 않아 신종과 고진곤은 후자를 선택했다.

"협상은 내가 하겠소. 전권을 내게 주시오."

신종과 고진곤은 두말하지 않고 고개를 끄덕였다.

잠시 후, 질풍호에서 백기가 오르고 두 척의 수적선과 질풍호는 아무런 저항 없이 하나로 연결되었다.

좌우측의 수적선에서 거의 오십 명이 넘는 수적들이 괴성을 지르며 질풍호로 넘어왔다.

"그만."

손을 들어 수적들의 행동을 정지시킨 사내가 팔자수염을 배배 꼬며 소리쳤다.

"누가 이 배의 선장이냐?"

"나요."

경인문이 한 걸음 나섰다.

"크크, 노인네가 명성이 자자한 질풍호의 선장이었군. 반

갑다. 본좌는 일심맹 휘하 묘왕채(猫王寨) 채주 호태악(昊太岳)이다."

순간, 뒤에서 긴장된 표정으로 듣고 있던 화총의 얼굴이 일그러졌다.

묘왕채라면 근래 들어 악명이 자자한 수채 중 하나였기 때문이었다.

"쓸데없는 저항을 포기하고 백기를 건 거 참으로 현명한 선택이었다. 본좌 역시 쓸데없는 피를 보기는 싫거든. 뭐, 그만한 대가는 있어야겠지만. 크크크크."

듣는 이로 하여금 절로 소름이 돋게 하는 광소를 한참이나 터뜨린 호태악이 갑자기 분위기를 바꾸며 물었다.

"그래서? 얼마를 준비했지?"

"얼마를 원하시오?"

불안한 표정으로 바라보는 신종과 고진곤을 향해 힐끗 시선을 던진 호태악이 큰 선심을 쓴다는 표정으로 손가락 다섯 개를 쫙 펼쳤다.

"오백 냥이란 말이오?"

"뭐, 그 정도면 서로 만족하지 않을까 싶은데."

오백 냥이란 돈이 상당한 거금이었지만 그 정도 액수면 은성상단과 안평상련이 감당하지 못할 액수는 아니었다.

"좋소. 지불하겠소. 대신 우리의 안전은 확실하게 보장을 해주시오."

"물론. 본좌가 말하지 않았나. 쓸데없이 피를 보는 건 싫어 한다고. 아무튼 질풍호의 선장답게 화끈해서 좋군."

호태악의 칭찬을 한 귀로 흘려 버린 경인문이 뒤쪽으로 신 호를 보내자 오백 냥이 든 주머니가 그에게 전달되었다.

"원하는 대로 은자 오백 냥이오. 이제 그만 배에서 내려주 시오."

경인문이 주머니를 내밀며 말했다.

한데 어찌 된 일인지 호태악은 주머니를 받지 않았다.

대신 진하디진한 살소를 흘리며 난데없이 주먹을 휘둘렀다.

"크악!"

경인문에게 주머니를 전달했던 자가 얼굴을 부여잡고 쓰 러졌다.

입안이 터지며 뿌려진 붉은 피가 경인문의 얼굴을 적셨다.

"이, 이게 무슨 짓이오!"

경인문이 노해 소리를 지르자 호태악이 칼을 빼 그의 목에 겨눴다.

"지금 본좌와 장난을 하자는 거냐?"

"돈을 준비하지 않았소?"

"누가 은자 따위를 준비하라고 말했나? 내가 원한 건 금자 다."

경인문이 입을 쩍 벌렸다.

금자 오백 냥. 가히 상상할 수도 없는 액수였다.

"마, 말도 안 되는. 어찌 그런 거액을 원한단 말이오."

"아니면? 그 정도 액수를 바라지 않았다면 우리가 미쳤다고 질풍호를 털까? 그것도 우리완 어울리지 않는 심계까지 써가며 말이야. 아, 그놈들은 잘 있나? 독이 든 돼지고기를 잘도 처먹던 놈들 말이야."

"하, 하면 그들도 네놈들이?"

"신경 좀 썼지."

어깨를 으쓱인 호태악이 경인문 뒤에 서 있던 신종과 고진곤을 가리키며 말했다.

"네놈들이 은성상단과 안평상련에서 온 놈들이렷다. 본좌는 이 배에 얼마나 많은 물건들이 실렸는지, 그 가치가 얼마나 되는지 잘 알고 있다. 하니 좋은 말로 할 때 토해내. 아니면 모조리 죽여줄 테니까. 크크크크크."

호태악에게 지목을 당한 신종과 고진곤의 얼굴이 하얗게 질렸다.

그때였다.

질풍호와 연결된 묘왕채의 수적선에 접근하는 또 다른 배가 하나 있었다.

배의 출현은 곧바로 호태악에게 전해졌다.

"어떤 미친놈이 감히 본좌가 노린 물건을 넘봐?"

"잘 모르겠습니다. 지금껏 못 보던 놈들입니다."

"몇 명이나 되는 것 같은데?"

"대충 사십 명 정도 되는 것 같습니다."

잠시 긴장된 표정을 지었던 호태악이 숫자를 듣더니 헛웃음을 흘렸다.

"알아서 찌그러지라고 해. 그러면 떨어진 콩고물은 조금 얻어갈 수 있을 거라고. 아니면 모조리 뒈진다고."

"존명!"

수하의 절도있는 모습을 흐뭇하게 바라보던 호태악이 다시금 몸을 돌렸다.

"시덥잖은 놈들 때문에 중요한 시간을 지체한 것 같군. 그래, 결정은 내렸나?"

별다른 대답이 없자 호태악의 입에서 냉기가 뚝뚝 떨어지는 음성이 흘러나왔다.

"모조리 죽고 싶은 모양이군. 뭐, 소원이 그렇다면 그리해주지."

호태악이 칼을 높이 치켜들었다.

묘왕채의 수적들의 눈에서 살기가 뿜어져 나오기 시작했다.

바로 그 순간, 호태악의 머리 위에서 엉뚱한 목소리가 들려왔다.

"잠시 대기."

모든 이들의 시선이 일제히 위로 향했다.

언제부터인지 돗대 위에 한 괴인이 앉아 있었다.

"네놈은 누구냐?"

화가 잔뜩 난 것인지 호태악의 목에서 쇳소리가 흘러나왔다.

"웃차."

대답 대신 오 장이 넘는 높이에서 가볍게 뛰어내린 사내가 호태악을 향해 걸어왔다.

묘왕채의 수적들이 그의 앞을 가로막자 호태악이 버럭 소리를 질렀다.

"비켜."

수하들이 엉거주춤한 자세로 물러나자 호태악이 자신을 향해 걸어오는 괴인을 향해 물었다.

"다시 묻지. 네놈은 누구냐? 아니, 그보다 그 이상한 천 조각은 뭐냐?"

호태악이 사내의 코 위를 가린 호피무늬 가면을 가리키며 비웃음을 흘렸다.

괴인의 얼굴이 가볍게 일그러졌다.

"이상한 건 나도 아니까 그렇게 웃지는 말고. 동생이란 녀석이 하도 성화를 부려서 나도 어쩔 수 없이 쓰는 거니까."

"시덥잖은 헛소리는 집어치우고 말해라. 뭐하는 놈이냐? 무슨 이유로 본좌의 앞을 막은 것이지?"

"그건 잠시 후에 가르쳐 주지. 싸움이 끝나는 대로."

"싸움? 본좌와 말이냐?"

호태악이 어이가 없다는 듯 웃음을 터뜨렸다.

"덩치만 믿고 까부는 모양인데. 싸움은 덩치로 하는……."

호태악의 말이 끊겼다. 괴인이 갑자기 자신이 들고 있던 검을 툭 던진 것이다.

얼떨결에 검을 받은 호태악.

순간, 엄청난 무게감을 이기지 못한 호태악이 검을 땅에 떨어뜨리고 몸을 비틀거렸다.

"무슨……."

이번에도 그의 말은 이어지지 않았다.

어느새 날아든 괴인의 주먹이 그의 얼굴을 후려친 것이었다.

끊어진 연처럼 날아간 호태악의 몸이 갑판의 난간을 부러뜨리며 그대로 강에 처박혔다.

"……라고."

호태악이 듣든 말든 약속대로 그의 앞을 가로막은 이유를 말해준 괴인이 눈앞에서 벌어진 참상을 받아들이지 못하고 있는 묘왕채의 수적들을 바라보며 말했다.

"무기를 버리면 살고. 아니면 저 꼴이 될 거다. 배에 남아 있는 네놈들 동료처럼."

그 말이 끝나기가 무섭게 묘왕채의 수적선에서 넘어오는 자들이 있었다.

"정리 끝났습니다."

"사상자는?"

"가벼운 부상자가 한 명 있을 뿐입니다."

살짝 고개를 끄덕인 괴인이 손가락을 폈다.

"다섯을 셀 동안 결정해야 할 것이다. 하나."

괴인은 빠르게 숫자를 세었다.

그를 향해 발작적으로 덤벼드는 수적들이 있었으나 그들은 미처 접근도 해보기 전에 괴인의 좌우에 시립하고 있는 이들에게 목숨을 잃고 말았다.

"다섯."

괴인이 손가락을 모두 굽혔을 때, 무기를 들고 있는 수적들은 아무도 없었다. 모조리 무기를 거두고 무릎을 꿇은 것이다.

그들의 모습에 만족한 미소를 흘린 괴인이 상황이 어찌 돌아가는 것인지 제대로 이해를 하지 못하고 있는 이들에게 걸어갔다.

"이제 걱정하지 마십시오. 묘왕채의 수적들은 더 이상 여러분들을 괴롭히지 못할 것입니다."

호태악이 주는 공포에 시달리던 이들에겐 그야말로 가뭄의 단비 같은 소식이 아닐 수 없었다.

"와아!"

"살았다!"

곳곳에서 환호성이 터져 나왔다.

"고맙습니다. 정말 고맙습니다."

신종이 달려나와 괴인의 손을 덥석 잡았다. 거만하기로 유명한 고진곤마저 머리를 숙였다.

"덕분에 큰 화를 피했소."

경인문이 정중히 예를 표하려 하자 괴인이 얼른 그의 몸을 일으켰다.

"하하, 이러지 마십시오. 당연히 해야 할 일을 했을 뿐입니다."

"아니오. 귀인이 아니었으면 얼마나 많은 이들이 목숨을 잃었을지 상상조차 하기 두렵소."

신종이 맞장구를 쳤다.

"맞습니다. 이 은혜를 어찌 갚아야 할지."

그러자 괴인이 기다렸다는 듯 대꾸했다.

"해서 말입니다."

좌중의 경외에 찬 이목이 자신에게 쏠리자 가볍게 헛기침을 한 괴인이 말을 이었다.

"저들과 했던 거래를 이어가도록 하지요."

"예?"

경인문이 이해를 하지 못하자 괴인이 씨익 웃었다.

"통행세에 대한 심도있는 대화를 해보자 이 말입니다."

질풍호에 탄 모든 이들이 급변하는 상황을 금방 파악하지 못하고 멀뚱한 눈으로 자신을 바라보자 괴인이 자신들이 타고 온 배를 가리키며 말했다.

"와호채라고 합니다. 오늘부터 영업 시작했습니다."

진왕협에 칩거한 지 삼 년, 그렇게 유대웅과 와호채는 홀연히 세상에 모습을 드러냈다.

『장강삼협』 3권에 계속…

가즈 나이트 R

이강영 판타지 장편 소설
FANTASY FRONTIER SPIRIT

가즈 나이트 R
Gods Knight R

Gods Knight

이경영 판타지 장편 소설

이제는 그 전설조차 희미해진 옛 신계, 아스가르드.
그 멸망한 신계의 전사가 새로운 사명을 품고 다시금 인간들의 곁으로 내려온다.

렘런트라는 이름의 적들, 되살아나는 과거,
그리고 가치관의 차이.
그 모든 것들과 맞서 싸우려는 그녀 앞에 신은 단 한 사람의 전우를 내려준다.

그는 붉은 장발의, R의 이름을 가진 남자였다!

초대작 「가즈 나이트」의 부활!
신의 전사들의 새로운 싸움이 지금 시작된다!

임준후 新무협 판타지 소설

鐵山大公
철산대공①

「혈혈무정로」, 「천애검엽전」의 작가 임준후!
그가 태산처럼 거대한 남자의 이야기로 돌아왔다!

"네가 좋아하는 방식대로 살 거라.
지금까지처럼 마음이 가고 몸이 가는 대로!"

스승이 남긴 말을 가슴에 새기고 중원으로 나온 강산하.
고향으로 향하는 귀로에 하나둘씩 인연이 모여들고
어느새 그의 걸음마다 무림의 판도가 바뀌기 시작한다.

태산처럼 굳세게
산들바람처럼 유유자적하게
흔들리지 않고 올곧게 자신의 길을 걸어간
무협 철산대공 강산하의 가슴 묵직한 일대기!

용호객잔
龍虎客棧

설경구 新무협 판타지 소설

낙양 변두리에 위치한 허름한 용호객잔.
폐업 직전까지 몰렸던 용호객잔에 복덩이,
천유강이 저절로 굴러 들어왔다.
그런데… 이 객잔 좀 수상하다?

독문병기는 낡은 주판, 중원상왕을 꿈꾸는 객잔주인, 용사등.
독문병기는 마른 걸레, 끔찍이 못생긴 점소이, 용팔.
독문병기는 식칼, 긴 독수공방 끝에 요리와 혼인한 숙수, 장유걸.
독문병기는 이 빠진 도끼, 사연 많은 남장여인, 문우령.
독문병기는 얼굴, 기억을 잃어버린 절세미남 신입 점소이, 천유강.

"중원의 상왕이 되리라!"

현실감각이라고는 찾아보기 힘든
용사등의 허황된 언언이 천하를 혼란에 빠뜨린다.
바람 잘 날 없는 용호객잔의 평범한(?) 일상에
중원의 이목이 집중된다.

Book Publishing CHUNGEORAM

유행이 아닌 자유추구 -
WWW.chungeoram.com

Unterbaum
GOD BREAKER

이상혁 판타지 장편 소설

운터바움
신들의 파괴자

나를 제거할 자, 그를 거스르는 한 편의 책.
찾아 찢으리. 그리하지 않으면 나는 불타리.

세계의 근거, 그 자체인 거대한 나무, 바움.
그 아래에서 살아가는 생명들의 세상, 운터바움.
윈델은 신탁에 따라 바움을 파괴할 책을 찾아 떠나고
맨 처음 그의 손이 책에 닿는 순간 운명이 격변한다.

십 년을 모신 주인이자 친구, 세베리아를 비롯
세상 모든 것이 자신의 존재를 잊어버린 상황에서
윈델은 존재의 증명을 위하여 운명과 싸우기 시작한다!

나무의 파괴자 '엠베르크'란 무엇인가?
모두가 잊어버린 '나'는 대체 누구인가?

「데로드 앤드 데블랑」, 「카르마 마스터」의 뒤를 잇는
이상혁 작가의 정통 판타지 대작!

「운터바움-신들의 파괴자」!

각사 新무협 판타지 소설

守護武士 수호무사

소년은 오직 소녀를 위하여 검을 들었다
가슴에 담긴 지키고자 하는 뜨거운 열망.

"이제는 지킬 것이다."

단 하나 남은 소중한 인연, 무유화를 지키려
악의에 휩싸인 무림을 수호하기 위하여
윤, 세상에 서다!

그의 용혈검이 펼치는 무상류와 구천류가
모든 악을 쓸어내리라!

지키는 자!
수호무사 윤, 그를 기억하라.

Book Publishing CHUNGEORAM

유행이아닌 자유추구 -

WWW.chungeoram.com